Arthur Conan Doyle

DR. JOHN H. WATSON
PRAKTISCHER ARZT · BAKER STREET 221B · LONDON W
Sprechstunden nach Vereinbarung
Rp.
Sherlock Holmes
der berühmteste
Detektiv aller
Zeiten.
Dr. Watson

Arthur Conan Doyle

Sherlock Holmes
Das Tal der Angst

Neugefaßt von Martha Meffert und
Alfred Clemens Baumgärtner

Franckh'sche Verlagshandlung
Stuttgart

Neugefaßt von Martha Meffert und Alfred Clemens Baumgärtner
Titel der englischen Ausgabe »The Valley of Fear«

Schutzumschlag von Aiga Rasch

CIP-Kurztitelaufnahme der Deutschen Bibliothek

Doyle, Arthur Conan:
Sherlock Holmes, das Tal der Angst / Arthur Conan
Doyle. Neugefaßt von Martha Meffert u. Alfred
Clemens Baumgärtner. – Stuttgart : Franckh,
1984.
Einheitssacht.: The valley of fear ⟨dt.⟩
ISBN 3-440-05369-5
NE: Meffert, Martha [Bearb.]

Franckh'sche Verlagshandlung, W. Keller & Co., Stuttgart / 1984

ISBN 3-440-05369-5 / L 9sl H ha
Printed in Czechoslovakia / Imprimé en Tchécoslovaquie
Satz: G. Müller, Heilbronn
Gesamtherstellung durch Artia, Prag

Sherlock Holmes
Das Tal der Angst

Zwei wichtige Herren stellen sich vor

Baker Street 221 b ist eine Adresse, die man in ganz London – nein überall in England – ach was, in ganz Europa kennt. Warum? Nein! Nicht weil von hier aus England regiert wird. Das passiert in der Downing Street. In der Baker Street wird nicht über das Schicksal von Völkern entschieden. Aber über das Schicksal von Menschen! Hier wohnt Sherlock Holmes, der berühmte Detektiv. Seine Hilfe suchen und finden viele. Er gewährt sie gern, denn es reizt ihn, seinen scharfen Verstand gegen das Verbrechen in jeder Form einzusetzen, gleich ob es sich um Diebstahl, Erpressung, Mord, Entführung oder anderes handelt, was sich Verbrecher zum Schaden ihrer Mitmenschen ausdenken. Und je intelligenter der Verbrecher, desto eifriger ist Holmes bei der Sache. Es sind die schwierigen Aufgaben, die ihn besonders reizen. Die Natur und eigener Fleiß haben ihn dafür mit besonderen Talenten ausgestattet: messerscharfem, analytischem Verstand, ausgezeichnetem Gedächtnis, außergewöhnlicher Beobachtungsgabe, feinstem Einfühlungsvermögen, Kombinationsfähigkeit, Liebe zum Detail, Zähigkeit, Mut und Kaltblütigkeit, Verschwiegenheit, ausgezeichneten Kenntnissen in Chemie und anderen praktischen Naturwissenschaften.

Sherlock Holmes liebt die Musik, spielt selbst Violine, ist ein unermüdlicher Arbeiter, kann aber auch ganze Tage mit Nichtstun verbringen. Er macht nicht viel Wesens von seinen Erfolgen und sagt immer: »Ich vollbringe keine Wunder, ich denke nach!« Wäre da nicht Dr. John H. Watson, der auf Grund einer Kriegsverletzung frühzeitig pensionierte Militärarzt, wir wüßten wohl nur das weni-

ge, was damals die Zeitungen über den Mord an John Douglas berichteten. So aber hat Dr. Watson getreulich alles, was er an der Seite seines Freundes erlebte, aufgeschrieben.

Die beiden wohnen übrigens auch zusammen, in der Baker Street 221 b. Das geht gut, denn ihre Temperamente ergänzen sich. Getroffen haben sie sich zufällig – bei der Wohnungssuche. Aus der Wohngemeinschaft ist inzwischen eine echte und tiefe Freundschaft geworden. Sherlock Holmes und Dr. Watson können sich aufeinander verlassen. Holmes meckert zwar gelegentlich über die angeblich zu »fantasievolle« Berichterstattung seines Freundes. Im Grunde aber fühlt er sich geschmeichelt durch Watsons bewundernde Begeisterung. Auch weiß er, daß nicht nur seine Leistungen, sondern auch Watsons Darstellungskunst ihn als Detektiv so bekannt gemacht haben.

Dr. Watsons Bericht beginnt mit der Enträtselung einer geheimnisvollen Botschaft, die ihn und seinen Freund Sherlock Holmes unmittelbar danach vor das Rätsel im Wasserschloß Birlstone Manor stellt. Wer hat John Douglas, den Besitzer des Schlosses, getötet, und wie konnte der Mörder entkommen? Nach der überraschenden Lösung des Falles führt die Geschichte weit zurück in eine dunkle Vergangenheit und in ein fernes, bedrohliches Land. Auch am Ende sind die Gefahren noch nicht gebannt. Wird der geheimnisvolle Professor Moriarty erneut zuschlagen?

Die Warnung

Vor Sherlock Holmes stand das noch unberührte Frühstück. Er starrte auf einen Papierstreifen, den er gerade aus einem Umschlag genommen hatte. Dann schaute er sich den Umschlag an, indem er ihn gegen das Licht hielt. Sogar die Außenseite und die Gummierung prüfte er.

»Zweifellos ist das Porlocks Handschrift«, murmelte er, »und wenn der Brief von Porlock stammt, ist er von großer Bedeutung.«

Das sagte er mehr zu sich, aber es weckte mein Interesse.

»Wer ist Porlock?« fragte ich.

»Dieser Name, mein lieber Watson, ist ein Pseudonym. Dahinter steckt eine recht zweideutige Persönlichkeit. Schon vor einiger Zeit schrieb er mir, daß ›Porlock‹ nicht sein richtiger Name sei. Er warnte mich zugleich, ihm nachzuspionieren. Porlock ist wichtig, aber längst nicht so wichtig wie der Mann, mit dem er in Verbindung steht. Der ist nicht nur ernst zu nehmen, sondern gefährlich – in höchstem Maße gefährlich. Haben Sie schon einmal von Professor Moriarty gehört?«

»Sie meinen den gelehrten Verbrecher, der bei den Kriminellen so berühmt ist –«

»– wie in der Öffentlichkeit unbekannt. Er ist zwar das Haupt der Unterwelt, aber zugleich über jeden Verdacht erhaben. Seine Abhandlung ›Dynamik eines Asteroiden‹ bewegt sich auf solchen Höhen der Mathematik, daß kein Gelehrter das Werk in einer wissenschaftlichen Zeitschrift besprechen konnte. Aber ich wette mit Ihnen: Auch seine Stunde wird einmal schlagen – wenn mich bis dahin nicht die kleineren Verbrecher zur Strecke bringen.«

»Das möge Gott verhüten!« rief ich. »Aber Sie wollten von Porlock erzählen.«

»Dieser Porlock«, erklärte Holmes, »ist ein Glied in einer langen Kette, aber ein schwaches Glied – sogar das einzige schwache Glied, soweit ich das erkennen konnte.«
»Jede Kette ist nur so stark wie ihr schwächstes Glied.«
»Und deshalb ist Porlock wichtig. Er ist für gelegentlich übersandte Zehnpfundnoten empfänglich, und er zeigt noch geringe Spuren von rechtlichem Empfinden. So bekam ich einige Male Informationen von ihm, die mithalfen, Verbrechen zu verhindern. Diese Mitteilung hier ist bestimmt auch eine Warnung, hätten wir nur den Schlüssel dazu!«
Holmes strich den Zettel auf seinem unbenutzten Teller glatt. Ich erhob mich, beugte mich über ihn und sah das merkwürdige Schreiben:

534 Sp2 13 127 36 31 4 17 21 41
Douglas 109 293 5 37 Birlstone
26 Birlstone 9 127 171

»Was halten Sie davon, Holmes?«
»Offensichtlich ein Versuch, eine geheime Nachricht zu übermitteln.«
»Ist es nicht sinnlos, eine chiffrierte Mitteilung ohne den Schlüssel zu senden?«
»Hm, diese Mitteilung besteht zweifellos aus den Wörtern einer Buchseite. Solange ich nicht weiß, um welches Buch es sich handelt, bin ich machtlos.«
»Aber warum ›Douglas‹ und ›Birlstone‹?«
»Weil es sich vermutlich um Wörter handelt, die auf der betreffenden Seite nicht vorkommen.«
»Warum nennt er das Buch nicht?«
»Ihr Scharfsinn, mein lieber Watson, hätte gewiß auch Sie davon abgehalten, eine chiffrierte Mitteilung und den dazugehörenden Schlüssel in denselben Umschlag zu stecken. Man wäre verloren, käme beides in falsche Hände. So aber müßten schon beide Briefe an dieselbe falsche Adresse geraten, damit etwas schiefläuft. Übrigens,

die zweite Post muß gleich da sein. Es würde mich nicht überraschen, wenn jetzt ein Brief mit der Erklärung käme.«

Tatsächlich, nach wenigen Minuten wurde der Brief gebracht, auf den wir warteten!

»Dieselbe Handschrift«, bemerkte Holmes, als er den Umschlag öffnete. »Und sogar unterschrieben!« fügte er hinzu, als er den Brief entfaltet hatte. »Wir kommen voran, Watson!«

Während er jedoch die wenigen Zeilen überflog, runzelte er die Stirn. »Ich fürchte, Watson, unsere Erwartungen erfüllen sich doch nicht. ›Sehr geehrter Mr. Holmes‹, schreibt er, ›ich möchte in dieser Sache nicht weitermachen, denn ich bin in Verdacht geraten. Er überraschte mich, als ich diesen Umschlag an Sie adressierte. Ich konnte noch rasch etwas auf das Kuvert legen, das eigentlich den Schlüssel zu meinem ersten Schreiben enthalten sollte. Bitte verbrennen Sie den ersten Brief, der nun wertlos ist! Fred Porlock.‹ «

»Im Grunde braucht gar nichts an der Sache zu sein«, meinte Holmes. »Er glaubte vielleicht nur deshalb, einen Verdacht in den Augen des anderen zu lesen, weil er dabei war, einen Verrat zu begehen.«

»Der andere ist Professor Moriarty, nehme ich an.«

»Wenn einer dieser Leute von ›ihm‹ spricht, weiß man, wen er meint.«

»Was kann er tun?«

»Das ist die große Frage. Wenn man einen der intelligentesten Köpfe Europas gegen sich hat, hinter dem alle finsteren Mächte stehen, gibt es viele Möglichkeiten. Jedenfalls hat unser Freund Porlock vor Angst fast den Verstand verloren. Vergleichen Sie doch einmal die Handschrift des zweiten Briefes mit der auf dem Umschlag! Die eine Schrift ist klar und fest, die andere kaum zu lesen.«

»Warum hat er denn überhaupt zum zweiten Mal geschrieben?«

»Weil er fürchtete, ich könnte der Sache nachgehen und ihn dadurch in Schwierigkeiten bringen.«

»Zweifellos!« sagte ich.

»Diese Mitteilung kann etwas sehr Wichtiges enthalten, und wir können sie nicht deuten! Ein Gedanke, der mich verrückt macht!«

Sherlock Holmes schob sein unberührtes Frühstücksgedeck endgültig zur Seite und zündete sich die Pfeife an, die beim Nachdenken immer sein bester Helfer war. In seinen Stuhl zurückgelehnt, starrte er zur Decke empor.
»Porlock nimmt auf ein Buch Bezug«, sagte er. »Davon müssen wir ausgehen.«
»Ein etwas unsicherer Ausgangspunkt.«
»Versuchen wir doch, ihn etwas genauer zu bestimmen! Welche Anhaltspunkte haben wir für das Buch?«
»Keine.«
»Beginnt nicht die chiffrierte Mitteilung mit der Zahl 534? Sie könnte die Seite bezeichnen, die wir aufschlagen sollen. Also muß es sich um ein dickes Buch handeln, was uns schon weiterbringt. Das nächste Zeichen lautet ›Sp 2‹. Was schließen Sie daraus?«
»Spalte 2?«
»Glänzend, mein lieber Watson! Sehen Sie, nun steht uns ein dickes Buch vor Augen, zweispaltig gedruckt, und die Spalten müssen eine ziemliche Länge haben. Eines der Wörter wird nämlich als das zweihundertdreiundneunzigste bezeichnet. Wäre es ein seltenes Buch, hätte er es mir geschickt. Statt dessen wollte er mir den Schlüssel in einem Brief nennen. Er nahm also an, daß es mir keine Schwierigkeiten macht, das Buch zu beschaffen. Er besaß es und vermutete, daß ich es auch habe. Kurz, es ist ein sehr verbreitetes Buch, Watson.«
»Was Sie sagen, leuchtet ein.«
»Also müssen wir nach einem dicken Buch suchen, das zweispaltig gedruckt und weit verbreitet ist.«
»Die Bibel!« rief ich triumphierend.
»Sehr gut, Watson! Aber es gibt viele Ausgaben der Heiligen Schrift. Er kann kaum damit rechnen, daß ich dieselbe habe wie er. Nein, als Schlüssel dient ein Buch, bei dem er sich darauf verlassen kann, daß seine Seite 534 mit meiner Seite 534 genau übereinstimmt.«
»Das trifft nur auf wenige Bücher zu.«
»So ist es, und das ist unsere Rettung.«

»Das Kursbuch!«

»Der Wortschatz des Kursbuches ist sehr begrenzt. Es bietet kaum eine Auswahl an Wörtern, die für eine allgemeine Mitteilung in Frage kommen. Was bleibt noch?«

»Ein Jahrbuch.«

»Ausgezeichnet, Watson! Ein Jahrbuch! Schauen wir uns Whitakers Jahrbuch an! Es ist weit verbreitet, hat die erforderliche Seitenzahl und ist zweispaltig.«

Holmes nahm den Band zur Hand. »Hier ist Seite 534, Spalte 2. Es ist ein langer Text über den Handel und die Rohstoffquellen von Britisch-Indien. Schreiben Sie einmal die Wörter mit, Watson! Nummer dreizehn ist ›Mahratta‹. Kein guter Anfang! Nummer hundertsiebenundzwanzig ist ›Regierung‹, was wenigstens einen Sinn hat, wenn es auch in Verbindung mit Professor Moriarty unwahrscheinlich wirkt. Versuchen wir es weiter! Was macht die Regierung von Mahratta? ›Schweineborsten‹ lautet das nächste Wort. Wir liegen falsch, mein lieber Watson.«

Es hatte scherzhaft geklungen, aber das Zucken seiner buschigen Brauen verriet seine Enttäuschung. Ich sah ratlos in die Flammen des Kamins. Die lange Stille wurde durch einen plötzlichen Ausruf von Holmes unterbrochen. Er sprang aus seinem Sessel auf, und eine Sekunde später hielt er einen zweiten Band der gleichen Art in der Hand.

»Wir waren der Zeit voraus, Watson!« sagte er. »Heute ist der siebte Januar, und deshalb haben wir das neue Jahrbuch genommen. Wahrscheinlich hat Porlock seine Mitteilung aus dem alten zusammengestellt! Sehen wir nach, was uns die Seite 534 verrät! Nummer dreizehn ist ›Es‹, was schon vielversprechend klingt. Nummer hundertsiebenundzwanzig lautet ›besteht‹; es besteht« – Holmes' Augen leuchteten, und seine dünnen Finger zuckten nervös, als er die Wörter abzählte – »›Gefahr‹. Das ist ausgezeichnet! Schreiben Sie mit, Watson! ›Es besteht Gefahr – sehr – bald.‹ Dann kommt der Name ›Douglas‹ – ›reich‹ – ›Land‹ – ›jetzt‹ – ›in Birlstone‹ – ›Haus‹ – ›Birlstone‹ – ›Überzeugung‹ – ›dringend‹. Watson, was sagen Sie nun?«

Ich wunderte mich über die Mitteilung, die ich nach seinem Diktat schnell auf einem Blatt Papier notiert hatte.
»Was für eine umständliche Art, sich auszudrücken!«
»Im Gegenteil! Ich finde, er hat es sehr gut gemacht. Wenn man die Wörter bloß einer Buchspalte entnimmt, darf man kaum erwarten, alle zu finden, die man braucht. Man muß sich auf die Intelligenz des Lesers verlassen. Der Inhalt ist klar: Jemand hat einen Anschlag auf einen gewissen Douglas vor, der reich ist und auf dem Lande wohnt, und zwar in Birlstone. Der Absender ist überzeugt, daß die Angelegenheit eilt. Das ist unser Ergebnis, und ich bin zufrieden damit.«
Holmes' Freude glich der eines Künstlers an einem gut geratenen Werk, und er genoß sie noch, als die Tür aufging und Inspektor MacDonald von Scotland Yard eintrat.
Damals war Alec MacDonald ein zwar noch junger, aber bereits angesehener Beamter der englischen Kriminalpolizei. Er hatte sich bereits in verschiedenen ihm übertragenen Fällen ausgezeichnet. Seine sehnige Gestalt verriet ungewöhnliche Körperkraft, und seine lebhaften Augen ließen auf hohe Intelligenz schließen. Er sprach mit hartem schottischem Akzent und äußerte sich immer nur kurz, aber sehr genau. Da Sherlock Holmes ihm schon zweimal zum Erfolg verholfen hatte, erwies der Schotte seinem Amateurkollegen Respekt und Zuneigung. Inspektor MacDonald besaß selber genug berufliches Talent, um unbefangen die Hilfe des Mannes in Anspruch zu nehmen, dessen Begabung in ganz Europa berühmt war. Auch Holmes mochte den Mann, und er lächelte, als MacDonald ins Zimmer trat.
»Daß Sie so früh schon unterwegs sind, deutet – fürchte ich – auf ein Verbrechen hin«, sagte Holmes, »und Sie verfolgen bereits eine Spur.«
»Sie haben recht«, antwortete der Inspektor mit einem Lächeln. »Ich muß gleich wieder fort, denn die ersten Stunden nach der Entdeckung eines Verbrechens sind die wichtigsten, was Sie selbst ja am besten wissen. Aber –«
Der Inspektor verstummte, während er mit verwundertem Blick

auf ein Blatt Papier schaute, das auf dem Tisch lag. Es war das Blatt mit der entschlüsselten Mitteilung.

»Douglas!« stammelte er. »Birlstone! Was ist das, Mr. Holmes? Wie sind Sie an diese Namen gekommen?«

»Das war eine verschlüsselte Nachricht, die Dr. Watson und ich enträtseln konnten. Was ist mit den Namen?«

Der Inspektor blickte uns benommen an.

»Mr. Douglas vom Herrenhaus in Birlstone wurde heute nacht auf entsetzliche Weise ermordet.«

Sherlock Holmes berichtet

Es war einer jener dramatischen Augenblicke, für die mein Freund Holmes lebte.

»Höchst bemerkenswert«, sagte er. Auf seinem Gesicht war keine Spur des Entsetzens zu erkennen, das ich selbst bei dieser unerwarteten Mitteilung empfunden hatte. Es zeigte die ruhige und interessierte Miene etwa eines Chemikers, der an einem Experiment arbeitet.

»Sie scheinen gar nicht überrascht«, sagte MacDonald.

»Interessiert, Mr. Mac, aber kaum überrascht. Warum auch? Ich erhalte eine anonyme Mitteilung, daß einer bestimmten Person Gefahr droht. Innerhalb der nächsten Stunde höre ich, daß dieses drohende Unglück eingetreten ist und die Person nicht mehr lebt.«

Mit wenigen Worten unterrichtete er den Inspektor über den Brief.

»Eigentlich hatte ich vor, heute morgen nach Birlstone zu fahren«, sagte MacDonald, »und wollte Sie und Ihren Freund bitten mitzukommen. Aber nun können wir hier in London wohl mehr erreichen.«

»Das glaube ich nicht«, entgegnete Holmes.

»Mr. Holmes!« rief der Inspektor. »Wir brauchen uns doch nur diesen Mann zu greifen. Dann ergibt sich alles von selbst!«

»Sicher, Mr. Mac. Aber wie wollen Sie diesen sogenannten Porlock fassen?«

MacDonald drehte den Briefumschlag um, den Holmes ihm gegeben hatte.

»Aufgegeben in Camberwell – das hilft uns nicht weiter. Der Name, sagen Sie, ist falsch. Somit haben wir keine Anhaltspunkte. Aber sagten Sie nicht, Sie hätten ihm Geld geschickt?«

»Zweimal.«

»Und wie?«
»In Scheinen, postlagernd Camberwell.«
»Haben Sie nie versucht festzustellen, wer die Briefe abholte?«
»Nein. Als er mir zum ersten Mal schrieb, habe ich versprochen, ihm nicht nachzuspüren.«
»Glauben Sie, daß er mit jemandem in Verbindung steht?«
»Ich weiß es.«
»Ist es der Professor, den Sie einmal erwähnt haben?«
»Genau!«
Inspektor MacDonald lächelte, und seine Mundwinkel zuckten leicht, als er mir einen Blick zuwarf.
»Ich will es Ihnen nicht verhehlen, Mr. Holmes: Wir von Scotland Yard glauben, daß der verbrecherische Charakter Professor Moriartys nur in Ihrer Einbildung existiert. Ich habe Nachforschungen angestellt. Er macht den Eindruck eines ehrbaren Gelehrten.«
»Ich freue mich, daß Sie wenigstens seine Gelehrsamkeit erkannt haben.«
»Nun, nachdem ich Ihre Ansicht über ihn gehört hatte, suchte ich ihn auf, um einen persönlichen Eindruck zu gewinnen. Wir haben uns lange unterhalten, und beim Abschied hat er mir wie ein Vater die Hand auf die Schulter gelegt. Mit seinem schmalen Gesicht, dem grauen Haar und seiner feierlichen Redeweise würde er einen großartigen Geistlichen abgeben!«
Holmes kicherte und rieb sich die Hände.
»Hervorragend!« sagte er. »Hören Sie mal, lieber Freund, fand diese rührende Begegnung im Arbeitszimmer des Professors statt?«
»So ist es.«
»Ein schönes Zimmer, nicht wahr?«
»Sehr schön und gemütlich, Mr. Holmes.«
»Sie saßen vor dem Schreibtisch?«
»Richtig.«
»Die Sonne schien Ihnen ins Gesicht, und sein Gesicht lag im Schatten?«
»Nun, es war Abend. Aber die Lampe war auf mein Gesicht gerichtet.«

»Das dachte ich mir. Haben Sie das Bild hinter ihm an der Wand bemerkt?«
»Mir entgeht selten etwas, Mr. Holmes. Vielleicht habe ich das von Ihnen gelernt. Ja, ich habe das Bild gesehen – eine junge Frau, die den Kopf in die Hände gelegt hat.«
»Es ist ein Gemälde von Jean Baptiste Greuze.«
Der Inspektor bemühte sich, interessiert auszusehen.
»Jean Baptiste Greuze«, fuhr Holmes fort, »war ein französischer Maler, dessen Hauptschaffenszeit zwischen 1750 und 1800 lag. Auch heute noch genießen seine Bilder das gleiche hohe Ansehen wie damals.«
Die Augen des Inspektors bekamen einen abwesenden Ausdruck.
»Sollten wir nicht lieber –?« fragte er.
»Wir tun es bereits«, erwiderte Holmes. »Alles, was ich sage, steht in einer direkten Beziehung zu dem Birlstone-Fall. Man kann es sogar den Kern nennen.«
MacDonald lächelte hilflos. »Ihre Gedankensprünge sind etwas zu rasch für mich, Mr. Holmes. Wo ist die Verbindung zwischen diesem toten Maler und dem Fall in Birlstone?«
»Die Tatsache, daß vor einigen Jahren auf einer Versteigerung das Bild ›La Jeune Fille à l'agneau‹ von Greuze nicht weniger als viertausend Pfund erbrachte, könnte doch etwas nachdenklich stimmen. Das Gehalt des Professors dürfte siebenhundert Pfund im Jahr betragen.«
Jetzt sah der Inspektor ehrlich interessiert aus.
»Wie konnte er dann –?«
»Eben! Wie konnte er.«
»Das ist ja interessant! Sprechen Sie weiter, Mr. Holmes!«
Holmes lächelte. Bewunderung versetzte ihn immer in gute Laune.
»Und was ist mit Birlstone?« fragte er.
»Wir haben noch Zeit«, entgegnete der Inspektor, während er auf die Uhr sah. »Ich habe eine Droschke vor der Tür, und wir sind schnell am Bahnhof. Aber zurück zu diesem Bild! Sie sagten mir einmal, Sie wären noch nie mit Professor Moriarty zusammengetroffen.«

»Bin ich auch nicht.«
»Woher kennen Sie dann sein Arbeitszimmer?«
»Das ist etwas anderes. Ich bin schon dreimal in seiner Wohnung gewesen. Bei einer dieser Gelegenheiten nahm ich mir die Freiheit, in seinen Papieren zu stöbern, was ein höchst unerwartetes Ergebnis hatte.«
»Sie fanden etwas Belastendes?«
»Absolut nichts, und eben darüber wunderte ich mich. Das Bild deutet darauf hin, daß er ein sehr wohlhabender Mann ist. Wie hat er seinen Reichtum erworben? Sein Gehalt ist nicht sonderlich hoch, aber er besitzt einen Greuze.«
»Nun?«
»Die Erklärung ist höchst einfach.«
»Sie meinen, er hat Einnahmen aus trüben Quellen?«
»Mit Sicherheit! Dutzende von Spuren führen in das Zentrum des Netzes, wo diese giftige Spinne bewegungslos lauert.«
»Mr. Holmes, was Sie sagen, ist hochinteressant. Woher kommt das Geld? Handelt es sich um Falschmünzerei, um Einbrüche?«
»Professor Moriarty ist die verborgene Kraft hinter den Londoner Verbrechern. Er stellt ihnen seinen scharfen Verstand und sein Organisationstalent zur Verfügung und kassiert fünfzehn Prozent der Beute. Ich weiß zufällig, wer das erste Glied in der Kette dieses Napoleons der Unterwelt ist. Am anderen Ende der Kette hängen Hunderte von Taschendieben, Erpressern, Falschspielern und aller anderen Arten von Verbrechern. Stabschef ist Oberst Sebastian Moran, ebenso unantastbar und beschützt vom Gesetz wie Moriarty. Was glauben Sie, wieviel Moran erhält? Sechstausend pro Jahr. Ich habe mich kürzlich bemüht, ein paar von Moriartys Schecks zu verfolgen, mit denen er seine Haushaltsrechnungen bezahlt. Sie waren auf sechs verschiedene Banken ausgestellt. Sagt Ihnen das etwas?«
»Merkwürdig! Was schließen Sie daraus?«
»Er möchte nicht, daß sein Reichtum bekannt wird. Niemand soll erfahren, wie groß sein Vermögen ist. Bestimmt benutzt er zwanzig Banken und hat den größten Teil seines Vermögens im Ausland.«

Inspektor MacDonald war sichtlich beeindruckt. Sein praktischer Verstand richtete sich jedoch wieder auf das Nächstliegende.

»Wir sind durch diese interessanten Einzelheiten abgelenkt worden«, sagte er. »Im Augenblick, Mr. Holmes, kommt es darauf an, ob eine Beziehung zwischen dem Professor und dem Verbrechen in Birlstone besteht.«

»Nehmen wir an, daß der Urheber des Mordes die Person ist, die wir verdächtigen, dann kann es zwei Motive geben«, überlegte Sherlock Holmes. »Ich weiß, daß Moriarty auf eiserne Disziplin hält. Für ihn gibt es nur eine Strafe – den Tod. Nehmen wir weiter an, Douglas hat den Chef verraten, dann sollte die harte Strafe für alle anderen wohl als Abschreckung dienen.«

»Das wäre eine Möglichkeit, Mr. Holmes.«

»Die andere ist, daß es sich um einen gewöhnlichen, geschäftsmäßigen Mord handelt. Es könnte dann um einen Anteil an der Beute oder um einen Betrag für die Ausführung des Mordes gegangen sein. Wurde der Tote beraubt?«

»Davon weiß ich nichts.«

»Das würde natürlich gegen die erste Hypothese sprechen. Jedenfalls müssen wir die Lösung in Birlstone suchen.«

»Ja, fahren wir nach Birlstone!« rief MacDonald und sprang auf. »Es ist später, als ich annahm! Ich kann Ihnen leider nur fünf Minuten zur Vorbereitung lassen.«

»Das genügt«, sagte Holmes und zog sein Jackett an. »Unterwegs können Sie uns alles weitere erzählen.«

›Alles weitere‹ stellte sich als enttäuschend wenig heraus, doch war es genug, um die Schwierigkeit des Falles ahnen zu lassen. Endlich wieder einmal eine angemessene Aufgabe für Holmes' ungewöhnliche Fähigkeiten! Mit angespannter Miene lauschte er dem Bericht MacDonalds.

Der Polizeibeamte des Ortes, White Mason, war ein Freund MacDonalds, und deshalb war Scotland Yard schneller benachrichtigt worden als sonst. MacDonald las uns Masons Brief vor: »Lieber Inspektor MacDonald, das offizielle Schreiben befindet sich in einem gesonderten Umschlag. Diese Zeilen sind für Sie persönlich. Telegrafieren Sie mir, mit welchem Zug Sie frühestens in Birlstone sein können! Ich hole Sie dann ab oder lasse Sie abholen, wenn ich zu beschäftigt bin. Das ist eine höchst verwickelte Sache! Wenn Sie Mr. Holmes mitbringen können, tun Sie es bitte! Er wird einen Fall vorfinden, der nach seinem Geschmack ist. Das Ganze könnte wie ein auf Verblüffung angelegtes Theaterstück wirken, wenn es nicht den Toten gäbe.«

»Ihr Freund scheint ein vernünftiger Mann zu sein«, bemerkte Holmes. »Aber woher wissen Sie, daß Mr. Douglas auf ›entsetzliche‹ Weise ermordet wurde?«

»Das war der offiziellen Mitteilung zu entnehmen. Natürlich kam das Wort ›entsetzlich‹ nicht darin vor. Der Name John Douglas war angegeben. Weiter wurde erwähnt, daß er durch einen Gewehrschuß in den Kopf getroffen und daß kurz vor Mitternacht Alarm geschlagen worden sei. Zweifellos handele es sich um Mord, aber es sei noch niemand festgenommen worden. Die Umstände des Falles seien äußerst ungewöhnlich. Das ist einstweilen alles.«

»Dann wollen wir es dabei belassen, Mr. Mac«, sagte Holmes. »Eigentlich sind nur zwei Dinge gewiß: In London gibt es einen Mann von außerordentlicher Intelligenz und in Birlstone einen Toten. Wir müssen herausfinden, welche Verbindung zwischen beiden besteht.«

Die Tragödie von Birlstone

Das Dorf Birlstone ist klein, sehr alt und besteht aus Fachwerkhäusern. Erst in den letzten Jahren entstanden in den Wäldern rund um das Dorf einige Villen, die sich reiche Städter bauen ließen. Das zog eine Anzahl neuer Läden nach sich, und es kann sein, daß sich aus dem alten Dorf ein modernes Städtchen entwickelt.

Einen knappen Kilometer vom Ort entfernt liegt in einem alten Park das Herrenhaus von Birlstone. Die ältesten Teile stammen aus der Zeit des ersten Kreuzzuges. Im 16. Jahrhundert brannte das alte Schloß aus der Ritterzeit ab, und auf seinen Ruinen wurde ein Landhaus aus Ziegeln errichtet. Seit dieser Zeit blieb das Herrenhaus mit seinen vielen Giebeln und Butzenscheiben unverändert. Den inneren der beiden Wassergräben gab es noch. Er zog sich um das ganze Haus, war zwölf Meter breit, jedoch kaum einen Meter tief. Ein kleiner Bach speiste ihn und floß wieder daraus ab. So war das Wasser trüb, aber nicht modrig. Die Fenster des Erdgeschosses lagen nur knapp über dem Wasserspiegel. Der einzige Zugang zum Haus führte über eine Zugbrücke. Sie war wieder in Ordnung gebracht worden und wurde jeden Abend hochgezogen. Dadurch wurde das Herrenhaus nachts zu einer Insel.

Das Haus hatte schon jahrelang leergestanden, als John Douglas und seine Frau es kauften. Douglas war ein kraftvoller Mann von ungefähr fünfzig Jahren gewesen, nicht gerade der Typ eines englischen Gutsbesitzers, aber durch seine wohlwollende und heitere Art genoß er bald Ansehen im Dorf.

Auch seine Frau, die sehr zurückgezogen lebte, war beliebt. Sie war etwa zwanzig Jahre jünger als ihr Mann, und man wußte, daß er sie als Witwer in London kennengelernt hatte. Ihre Ehe wirkte glücklich. Doch wer die beiden näher kannte, merkte, daß sie nur wenig

über die Vergangenheit ihres Mannes wußte. Sein Vermögen hatte er angeblich als Goldgräber in Kalifornien erworben.
Gelegentlich hielt sich ein gewisser Cecil James Barker aus Hampstead im Gutshaus auf. Er war ein immer willkommener Gast und weilte auch in der Mordnacht dort. Barker war Engländer, hatte Douglas in Amerika kennengelernt und war der einzige Freund aus Mr. Douglas' unbekannter Vergangenheit. Er machte ebenfalls einen wohlhabenden Eindruck und galt als Junggeselle. Außer seiner großen, breiten Gestalt fielen besonders seine zwingenden schwarzen Augen auf. Er war einige Jahre jünger als Douglas, und Ames, der Butler, pflegte von ihm zu sagen: »Ein angenehmer, freigebiger Gentleman. Aber ich möchte ihn nicht zum Feind haben.«
Selbst den Dienstboten fiel auf, daß die freundschaftlichen Beziehungen Mr. Barkers zu Mrs. Douglas dem Ehemann nicht immer gefielen.
Von den anderen Bewohnern des alten Gebäudes brauchen nur der tüchtige Butler Ames und Mrs. Allen, die Haushälterin, erwähnt zu werden.
Um Viertel vor zwölf in der Nacht wurde die kleine Polizeistation des Ortes alarmiert. Mr. Barker stand vor der Tür und rief in großer Erregung: »Im Gutshaus hat sich eine Tragödie abgespielt! Mr. Douglas ist ermordet worden!« Dann eilte er zum Haus zurück. Sergeant Wilson, der Leiter der Polizeistation, benachrichtigte die Grafschaftsbehörden und traf kurz nach zwölf im Herrenhaus ein. Die Zugbrücke war heruntergelassen, hinter den Fenstern brannte Licht, und das ganze Haus befand sich im Zustand größter Aufregung. Die Dienstboten drängten sich mit blassen Gesichtern in der Halle. Der entsetzte Butler rang die Hände. Cecil Barker schien als einziger Herr seiner Gefühle zu sein. Er öffnete die Zimmertür, die dem Hauseingang am nächsten lag, und winkte dem Sergeanten, ihm zu folgen. Im selben Augenblick traf auch Dr. Wood, der Dorfarzt, ein. Die drei Männer betraten den Raum, in dem sich das Verbrechen abgespielt hatte. Der Butler folgte ihnen und schloß die Tür, damit den Dienstboten der schreckliche Anblick des Toten erspart bliebe.

Dieser lag ausgestreckt auf dem Rücken in der Mitte des Raumes. Über seinem Schlafanzug trug er einen hellroten Morgenmantel und an den bloßen Füßen Pantoffeln. Der Arzt kniete sich neben ihn nieder, die Lampe in der Hand, die auf dem Tisch gestanden hatte. Doch hier kam jede Hilfe zu spät. Auf der Brust des Mannes lag eine seltsame Waffe – ein Gewehr mit abgesägtem Lauf. Die Abzüge waren mit Draht zusammengebunden, und dadurch waren die beiden Läufe gleichzeitig abgefeuert worden. Der Schuß mußte aus kurzer Entfernung abgegeben worden sein, denn die ganze Ladung hatte das Gesicht des Opfers getroffen.

Der Dorfpolizist scheute vor der großen Verantwortung, die ihm plötzlich aufgebürdet war, zurück.

»Nichts darf berührt werden, bis meine Vorgesetzten eintreffen«, sagte er flüsternd und starrte entsetzt den verstümmelten Kopf an.

»Es ist nichts berührt worden«, sagte Cecil Barker. »Sie sehen alles genauso, wie ich es vorgefunden habe.«

»Wann war das?« Der Sergeant zog sein Notizbuch hervor.

»Es war genau halb zwölf. Ich saß am Kamin in meinem Schlafzimmer, als ich einen Knall hörte. Er war nicht sehr laut. Ich lief gleich hinunter. Es dürften kaum dreißig Sekunden vergangen sein, bis ich in dieses Zimmer kam.«

»War die Tür offen?«

»Ja. Der arme Douglas lag hier, wie Sie ihn sehen, die Kerze seines Nachtlichts brannte auf dem Tisch. Die Lampe habe ich ein paar Minuten später angezündet.«

»Haben Sie jemanden gesehen?«

»Nein. Ich hörte Mrs. Douglas hinter mir die Treppe herunterkommen und eilte hinaus. Sie sollte diesen furchtbaren Anblick nicht erleben. Mrs. Allen, die Haushälterin, führte sie fort. Dann kam Ames, der Butler, und ich kehrte ins Zimmer zurück.«

»Ich habe gehört, daß die Zugbrücke nachts hochgezogen ist.«

»Das war sie, bis ich sie hinunterließ.«

»Wie hätte dann ein Mörder entkommen können? Mr. Douglas muß Selbstmord verübt haben.«

»Das war auch unser erster Gedanke. Doch sehen Sie – hier!« Barker zog den Vorhang zur Seite und zeigte auf das hohe, schmale Fenster mit den Butzenscheiben, das weit offenstand. »Und schauen Sie sich das an!« Er hielt die Lampe tiefer und beleuchtete einen blutigen Schuhabdruck auf der Fensterbank. »Jemand ist beim Hinaussteigen draufgetreten.«

»Sie meinen, daß der Mörder durch den Graben entkommen ist?«

»So ist es!«

»Wenn Sie schon eine halbe Minute nach dem Verbrechen hier waren, muß er genau zu dieser Zeit im Wasser gewesen sein.«

»Daran zweifle ich nicht. Wäre ich doch nur gleich zum Fenster gelaufen!«

Der etwas langsame Polizeisergeant dachte noch über ein anderes Problem nach. »Wie konnte der Täter dann ins Haus gelangen, wenn die Brücke hochgezogen war?«

»Das ist natürlich die Frage«, räumte Barker ein.

»Wann wurde die Brücke hochgezogen?«

»Es war fast sechs Uhr«, antwortete Ames, der Butler. »Mrs. Douglas hatte Besuch zum Tee, und ich habe die Brücke erst hochgezogen, als alle Gäste gegangen waren.«

»Nun«, sagte der Sergeant, »wenn jemand von draußen gekommen ist, muß er also vor sechs Uhr über die Brücke gekommen sein und sich versteckt haben, bis Mr. Douglas nach elf Uhr das Zimmer betrat.«

»Mr. Douglas machte jeden Abend, ehe er ins Bett ging, einen Rundgang«, sagte Barker. »Der Täter lag auf der Lauer, erschoß ihn, floh durch das Fenster und ließ seine Waffe zurück. So sehe ich es jedenfalls.«

Der Sergeant hob eine Karte auf, die neben dem Toten auf dem Boden lag. »V. V.« und die Zahl 341 waren mit Tinte darauf geschmiert.

»Was ist das?« fragte er und hielt den anderen die Karte hin.

Barker betrachtete sie neugierig.

»Sie ist mir bisher nicht aufgefallen«, sagte er. »Der Mörder muß sie zurückgelassen haben.«

»V. V. 341?« Der Sergeant drehte die Karte hin und her. »Was ist

›V. V.‹? Möglicherweise die Anfangsbuchstaben eines Namens. Was haben Sie da, Dr. Wood?«

Der Arzt hatte einen schweren Hammer vom Teppich vor dem Kamin aufgehoben.

Cecil Barker zeigte auf eine Schachtel mit Nägeln, die auf dem Kaminsims lag. »Mr. Douglas hat gestern die Bilder umgehängt«, erklärte er.

»Am besten legen wir ihn auf den Platz zurück, wo wir ihn gefunden haben«, meinte der Sergeant und kratzte sich den Kopf. »Um das aufzuklären, werden wir unser Gehirn sehr anstrengen müssen.« Er nahm die Tischlampe, hob sie hoch und ging langsam durch das Zimmer.

»Aha!« rief er plötzlich aufgeregt und zog den Fenstervorhang zur Seite. »Wann wurden diese Vorhänge zugezogen?«

»Kurz nach vier, als die Lampen angezündet wurden«, antwortete der Butler.

In der Ecke waren die Abdrücke schmutziger Schuhe zu sehen.

»Das bestätigt Ihre Theorie, Mr. Barker. Es sieht so aus, als sei der Mann nach dem Zuziehen der Vorhänge in das Haus eingedrungen, aber noch vor dem Hochziehen der Brücke, also vor sechs. Er versteckte sich im ersten erreichbaren Zimmer, hier hinter diesem Vorhang. Er muß einen Diebstahl geplant haben, doch bevor er etwas stehlen konnte, entdeckte ihn Mr. Douglas. Der Dieb ermordete ihn und floh.«

»Das leuchtet ein«, sagte Barker. »Aber sollten wir nicht draußen suchen, ehe der Mörder entkommt?«

Der Sergeant überlegte einen Augenblick.

»Vor sechs Uhr morgens fahren keine Züge. Wenn der Täter zu Fuß flieht, verrät ihn seine nasse Kleidung. Ich kann jedenfalls nicht fort, ehe ich abgelöst werde, und ich glaube, keiner darf hier weg, bevor wir nicht klarer sehen.«

Der Arzt hatte die Lampe genommen und schaute sich die Leiche genau an. »Was ist das für ein Zeichen?« fragte er. »Kann das mit dem Verbrechen in Verbindung stehen?«

Der rechte Ärmel des Schlafanzugs war bis zum Ellbogen hochge-

rutscht. Etwa in halber Höhe des Unterarms befand sich ein merkwürdiges braunes Zeichen, ein Dreieck in einem Kreis, das aus der blassen Haut wie ein Relief herausragte.
Der Arzt betrachtete es genau. »Der Mann ist gebrandmarkt worden, wie man es mit dem Vieh macht. Was bedeutet das?«
»Das weiß ich nicht«, sagte Cecil Barker. »Ich sah dieses Zeichen schon vor zehn Jahren an Douglas.«
»Ich habe es auch oft gesehen«, bestätigte der Butler.
»Dann hat es wohl nichts mit dem Verbrechen zu tun, obwohl es eine merkwürdige Sache ist«, meinte der Sergeant. »Was gibt's?«
Der Butler hatte plötzlich einen Ausruf des Erstaunens ausgestoßen und zeigte auf die ausgestreckte Hand des Toten.
»Sein Ehering wurde gestohlen!« stammelte er.
»Was?«
»Sein Ehering! Der Herr trug immer seinen goldenen Ehering am kleinen Finger der linken Hand, und der Ring mit dem Goldnugget war stets darüber. Das Nugget und der geflochtene Schlangenring am dritten Finger sind noch da.«
»Sagten Sie, daß er den Ehering *unter* dem Ring mit dem Nugget trug?«
»Immer!«
»Dann hat der Mörder zuerst den Ring mit dem Nugget und dann den Ehering abgezogen und anschließend den Nuggetring wieder angesteckt.«
Der Dorfpolizist schüttelte den Kopf. »Je eher sich London mit dem Fall befaßt, desto besser!« sagte er. »White Mason ist zwar sehr tüchtig, aber ich habe den Eindruck, Scotland Yard wird uns helfen müssen. Dieser Fall ist für mich und meinesgleichen zu schwierig.«

Im Dunkel

White Mason, der oberste Kriminalist von Sussex, war um drei Uhr morgens in Birlstone eingetroffen. Um zwölf holte er uns vom Bahnhof ab. Mason war ein ruhiger, angenehmer Mann im weiten Tweedanzug, mit glattrasiertem rotem Gesicht, einem untersetzten Körper und kräftigen Beinen. Man sah ihm den Kriminalbeamten nicht an.

»Das ist eine harte kriminalistische Nuß, Mr. MacDonald«, sagte er. »Übrigens, Sie wohnen im Gasthof ›Westville Arms‹. Es ist der einzige und somit auch der beste Gasthof, den es hier gibt. Jedenfalls ist er ordentlich und sauber. Der Mann dort trägt Ihr Gepäck.«

Zehn Minuten später waren wir in unserem Quartier, und nach weiteren zehn Minuten saßen wir unten in der Gaststube und bekamen einen Überblick über die Ereignisse, die im vorigen Kapitel geschildert wurden. MacDonald machte sich Notizen, und Holmes lauschte versunken.

»Erstaunlich!« sagte er, als der Bericht zu Ende war. »Ich kann mich an keinen Fall erinnern, der merkwürdiger gewesen wäre.«

»Ich dachte mir, daß Sie das sagen würden, Mr. Holmes«, sagte White Mason erfreut. »Sie wissen jetzt, wie die Sache zwischen drei und vier Uhr heute morgen stand, als ich sie von Sergeant Wilson übernahm. Er hatte schon alle Tatsachen ermittelt. Ich habe sie überprüft und auch selber noch ein paar Kleinigkeiten entdeckt.«

»Was für Kleinigkeiten?« fragte Holmes begierig.

»Ich untersuchte erst einmal den Hammer, wobei mir Dr. Wood half. Es hätte ja sein können, daß Mr. Douglas sich mit dem Hammer verteidigt hat. Wir fanden jedoch keine Blutspuren.«

»Das beweist natürlich gar nichts«, bemerkte Inspektor MacDonald. »Viele Morde wurden mit einem Hammer ausgeführt, ohne daß Blutspuren daran zurückblieben.«

»Allerdings. Es beweist nicht, daß er nicht benutzt wurde. Ich untersuchte auch das Gewehr. Es war mit Schrot geladen, und die Abzüge waren mit Draht verbunden. Wer das gemacht hat, wollte sein Opfer nicht verfehlen. Das abgesägte Gewehr ist nur sechzig Zentimeter lang. Man kann es bequem unter dem Mantel tragen. Eine vollständige Fabrikmarke fand ich nicht, aber auf der Vertiefung zwischen den Läufen waren die Buchstaben ›PEN‹ zu erkennen.«

»Ein großes P mit einem Schnörkel darüber und E und N kleiner?«

»Genau!«

»Pennsylvania Small Arm Company – eine bekannte amerikanische Firma«, sagte Holmes.

White Mason blickte meinen Freund begeistert an. »Wunderbar, Mr. Holmes! Haben Sie die Namen aller Gewehrfabriken der Welt im Kopf?«

Mit einer Handbewegung tat Holmes die Frage ab.

»Ich habe einmal gelesen«, fuhr White Mason fort, »daß abgesägte Gewehre in manchen Teilen Amerikas benutzt werden. Das könnte dafür sprechen, daß der Mann, der in das Haus eindrang und den Besitzer erschoß, Amerikaner war.«

MacDonald schüttelte den Kopf. »Sie sind voreilig«, sagte er. »Ich habe noch keinen Beweis, daß überhaupt ein Fremder im Haus war.«

»Und das offene Fenster, das Blut auf dem Fensterbrett, die merkwürdige Karte, die Stiefelspuren in der Ecke, das Gewehr?«

»Das kann alles arrangiert worden sein. Mr. Douglas war Amerikaner oder hat lange in Amerika gelebt, ebenso Mr. Barker. Es ist nicht nötig, einen Amerikaner von außen hereinzubringen, um amerikanische Spuren zu erklären.«

»Ames, der Butler –«

»Ist er zuverlässig?«

»Unbedingt! Er war zehn Jahre bei Sir Charles Chandos. Seit Mr. Douglas vor fünf Jahren das Gutshaus kaufte, ist er hier und hat niemals ein Gewehr dieser Art gesehen.«

»Es paßt in jede Kiste! Woher will Ames wissen, daß kein solches Gewehr im Haus war?«
»Jedenfalls hat er es nie gesehen.«
MacDonald schüttelte seinen schottischen Dickkopf. »Ich bin noch nicht überzeugt«, sagte er.
»Welche Ansicht haben Sie denn, Mr. Mac?« fragte Holmes.
»Wenn es diesen Mann überhaupt gibt, handelt es sich nicht um einen Einbrecher. Die Sache mit dem verschwundenen Ehering und der Karte deutet vielmehr auf vorsätzlichen Mord aus persönlichen Gründen hin. Aber auch dann bleibt vieles unklar. Nehmen wir einmal an, da schleicht sich ein Mann ins Haus, um einen Mord zu begehen! Er weiß, daß er bei seiner Flucht Schwierigkeiten haben wird, weil das Haus von Wasser umgeben ist. Welche Waffe würde er wählen? Sicher die geräuschloseste, die überhaupt aufzutreiben ist, denn nur dann kann er hoffen, nach der Tat schnell aus dem Fenster zu gelangen und durch den Graben zu waten. Statt dessen soll er die lauteste Waffe mitgebracht haben, die man sich vorstellen kann und die jeden Menschen im Haus sofort alarmiert. Ist das glaubhaft, Mr. Holmes?«
»Was Sie sagen, klingt überzeugend«, erwiderte mein Freund nachdenklich. »Haben Sie eigentlich das andere Ufer des Grabens nach Spuren untersucht, Mr. Mason?«
»Wir haben keine gefunden, Mr. Holmes. Das Ufer ist mit Steinen eingefaßt.«
»Wären Sie einverstanden, Mr. Mason, wenn wir jetzt zum Haus hinübergingen? Vielleicht entdecken wir doch noch Spuren, die uns weiterbringen.«
»Das wollte ich schon vorschlagen, Mr. Holmes, aber ich hielt es für besser, Sie vorher mit allen Tatsachen bekanntzumachen. Ich hatte gehofft, wenn Ihnen etwas auffiele –« White Mason sah Holmes unschlüssig an.
»Ich habe bereits mit Mr. Holmes zusammengearbeitet«, sagte Inspektor MacDonald. »Er ist fair.«
Holmes lächelte. »Ich arbeite immer nur, um der Gerechtigkeit zu dienen und der Polizei zu helfen.«

»Ihre Anwesenheit ehrt uns, und wir werden Ihnen natürlich alles sagen, was wir wissen«, sagte White Mason herzlich. »Kommen Sie mit, Dr. Watson! Wenn die Zeit gekommen ist, hoffen wir alle auf eine Erwähnung in Ihrem Buch.«

Wir gingen die stille Dorfstraße hinunter, die von Ulmen eingefaßt war. Nach einem kurzen Spaziergang über die gewundene Anfahrtsstraße lag das langgestreckte, niedrige Herrenhaus vor uns. Ein altmodischer Garten mit beschnittenen Taxushecken umgab es. Wir kamen näher und erkannten die hölzerne Zugbrücke und den breiten Graben, dessen Wasser im kalten Wintersonnenschein still und glänzend wie Quecksilber dalag. Drei Jahrhunderte hatte das Herrenhaus erlebt. Seltsam, daß nun im hohen Alter ein Verbrechen seinen Schatten auf die ehrwürdigen Mauern warf! Wir betrachteten die spitzen Dächer und die überhängenden Giebel und fühlten, daß sie ein nicht unpassender Hintergrund für diese schauerlichen Ereignisse waren.

»Das ist das Fenster«, sagte White Mason, »das da, unmittelbar rechts neben der Zugbrücke. Es steht noch offen, wie wir es in der letzten Nacht vorfanden.«

»Es sieht ziemlich schmal aus«, bemerkte Holmes.

»Ja, es ist sehr schmal«, sagte White Mason und setzte mit einem Blick auf Holmes' hagere Gestalt hinzu: »Sie kämen gerade noch hindurch.«

Holmes trat an das Ufer des Grabens und sah hinüber. Dann inspizierte er den steinernen Rand und den Rasen.

»Ich habe alles genau untersucht, Mr. Holmes«, sagte White Mason. »Es gibt keine Anzeichen, daß jemand das Ufer betreten hat.«

»Ist das Wasser immer trüb?«

»Meistens. Der Bach bringt Lehm mit.«

»Wie tief ist es?«

»Einen halben Meter an den Seiten und einen knappen Meter in der Mitte.«

Wir gingen über die Zugbrücke und wurden von einem unscheinbaren, knochigen kleinen Mann eingelassen, dem Butler Ames. Er war weiß im Gesicht und zitterte. Im Mordzimmer hielt der Dorfpolizist, ein großer, steifer, melancholisch aussehender Mann, noch Wache. Der Arzt war gegangen.

»Was Neues, Sergeant Wilson?« fragte White Mason.

»Nichts, Sir.«

»Dann gehen Sie nach Hause! Wir lassen Sie holen, wenn wir Sie brauchen. Der Butler wartet besser draußen. Sagen Sie ihm, er möchte Mr. Barker, Mrs. Douglas und die Haushälterin benachrichtigen! Wir werden sie bald brauchen. Und nun, meine Herren, lassen Sie mich Ihnen meine Ansicht vortragen, und dann können Sie sich Ihre eigene Meinung bilden.«

Dieser Kriminalist aus der Provinz beeindruckte mich. Er hatte einen Blick für die Tatsachen und einen nüchternen, klaren Verstand. Sicher würde er es in seinem Beruf noch weit bringen.

»Selbstmord scheidet für mich aus«, erklärte er. »Diese Erklärung ist den Umständen zufolge unwahrscheinlich. Denken Sie an den verschwundenen Ehering, die Spuren hinter dem Vorhang und das Blut auf der Fensterbank! Wenn es aber Mord ist, müssen wir herausfinden, ob die Tat von jemandem aus dem Haus oder von außerhalb begangen wurde.«

»Lassen Sie Ihre Argumente hören!«

»Die Frage ist schwer zu beantworten. Nehmen wir einmal versuchsweise an, daß eine oder mehrere Personen aus dem Haus das Verbrechen verübt haben! Sie brachten den Mann auf irgendeine Weise hier herunter, als alles still war, aber noch niemand schlief. Dann brachten sie ihr Opfer mit einer ausgefallenen und lauten Waffe, die hier noch niemand gesehen hat, um, damit alle hörten, was geschah. Klingt nicht sehr wahrscheinlich, nicht wahr?«

»Allerdings nicht!«

»Alle sagen aus, daß nach dem Schreckensruf höchstens eine Minute vergangen war, ehe alle Hausbewohner sich eingefunden hatten. Mr. Barker behauptet, er sei der erste gewesen. Wir müßten also annehmen, daß in dieser kurzen Zeit der Täter die Fußabdrücke hinter dem Vorhang und den Blutfleck auf der Fensterbank anbringt, das Fenster öffnet, dem Toten den Ehering vom Finger zieht und so weiter. Das ist unmöglich.«

»Ich bin Ihrer Auffassung«, stimmte Holmes zu.
»Wir müssen also die Theorie wieder aufgreifen, daß die Tat von einem Fremden begangen wurde. Es gibt auch dabei Schwierigkeiten, aber sie können gelöst werden. Der Fremde wäre dann zwischen halb fünf und sechs Uhr ins Haus gekommen, also zwischen dem Einbruch der Dämmerung und dem Hochziehen der Brücke. Da Besuch im Haus war, stand die Tür offen. Es könnte ein gewöhnlicher Einbrecher gewesen sein oder jemand, der Mr. Douglas aus persönlichen Gründen haßte. Das letztere ist wahrscheinlicher. Mr. Douglas hat den größten Teil seines Lebens in Amerika verbracht, und die Mordwaffe ist amerikanischen Ursprungs – vielleicht liegt hier der Anlaß der Tat. Der Mörder versteckte sich in diesem Zimmer, weil es das erste war, das er erreichte, und zwar hinter dem Vorhang, bis Mr. Douglas nach elf Uhr nachts den Raum betrat. Falls es zu einem Wortwechsel kam, war er nur kurz, denn Mrs. Douglas erklärte, daß ihr Mann sie erst ein paar Minuten allein gelassen hatte, als sie den Schuß hörte.«
»Das zeigt auch die Kerze«, sagte Holmes.
»So ist es. Die Kerze war neu und ist nur einen Fingerbreit heruntergebrannt. Mr. Douglas hat sie auf den Tisch gestellt, bevor er angegriffen wurde, sonst wäre sie mit auf den Boden gefallen. Mr. Barker löschte die Kerze und zündete die Lampe an.«
»So weit ist alles klar.«
»Jetzt können wir rekonstruieren: Mr. Douglas betritt das Zimmer. Er stellt den Leuchter ab. Ein Mann kommt hinter dem Vorhang hervor. Er ist bewaffnet und fordert den Ehering – weiß der Himmel warum. Mr. Douglas gibt ihn her. Dann wird Douglas erschossen. Vielleicht fand ein Kampf statt, vielleicht auch nicht. Douglas könnte versucht haben, sich mit dem Hammer zu wehren. Der Fremde läßt das Gewehr und die Karte mit den Buchstaben ›V. V.‹ fallen und flieht, als Cecil Barker das Verbrechen entdeckt. Was meinen Sie dazu, Mr. Holmes?«
»Interessant, aber nicht überzeugend.«
»Es wäre absoluter Unsinn, wenn nicht jede andere Erklärung noch schlechter wäre!« rief MacDonald. »Ich könnte glatt beweisen, daß

alles ganz anders gewesen sein muß. Warum läßt sich der Täter den Rückweg abschneiden? Warum nimmt er eine so laute Waffe? Wie sollte dann die Flucht gelingen? Sagen Sie doch auch etwas dazu, Mr. Holmes! Nach Ihrer Ansicht ist Masons Theorie nicht überzeugend.«

Ohne daß ihm ein Wort entgangen wäre, hatte sich Holmes während des Gesprächs genau umgesehen.

»Ich möchte erst noch ein paar Tatsachen mehr haben, bevor ich eine Theorie entwickle, Mr. Mac.« Holmes kniete neben der Leiche nieder. »Schrecklich! Das ist wirklich schrecklich! Können wir den Butler einen Augenblick sprechen? – Ames, Sie haben dieses ungewöhnliche Zeichen, das eingebrannte Dreieck im Kreis, auf Mr. Douglas' Arm oft gesehen, wie ich hörte?«

»Häufig, Sir.«

»Sie haben keine Vermutung, was es bedeuten könnte?«

»Nein, Sir.«

»Es muß sehr geschmerzt haben, als es angebracht wurde. Ich sehe übrigens dort am Kinn von Mr. Douglas ein kleines Pflaster. Hatte er das schon, als er noch lebte, Ames?«

»Ja, Sir. Er schnitt sich gestern morgen beim Rasieren.«

»Passierte das öfter?«

»Nein, Sir, erst in letzter Zeit.«

»Das deutet auf eine gewisse Nervosität hin«, sagte Holmes. »Vielleicht hatte er Grund, eine Gefahr zu fürchten. Ist Ihnen gestern etwas Ungewöhnliches an seinem Verhalten aufgefallen?«

»Er war unruhig, Sir.«

»Dann kam der Überfall vielleicht nicht ganz unerwartet. Haben wir nicht einen kleinen Fortschritt erzielt? Möchten lieber Sie die Fragen stellen, Mr. Mac?« fragte Holmes.

»Nein, Mr. Holmes. Sie machen das besser.«

»Nun, dann wenden wir uns der Karte zu – ›V. V. 341‹. Sie ist aus grobem Karton. Haben Sie so etwas im Hause?«

»Ich glaube nicht, Sir.«

Holmes trat an den Schreibtisch und tupfte mit jeder der beiden Tintensorten einen kleinen Fleck auf das Löschpapier. »Die Karte

wurde nicht in diesem Zimmer geschrieben«, erklärte er. »Die eine Tinte ist schwarz und die andere rot. Überdies wurden die Zeichen mit einer dicken Feder geschrieben, und diese hier ist dünn. Verstehen Sie die Zeichen, Ames?«
»Nein, Sir.«
»Was denken Sie, Mr. Mac?«
»Ich habe den Eindruck, die Sache hängt mit einem Geheimbund zusammen. Auch das Brandmal auf dem Arm würde dazu passen.«
»Das glaube ich auch«, sagte White Mason.
»Nehmen wir einmal an, ein Agent einer solchen Vereinigung verschafft sich Zugang zum Haus, wartet auf Mr. Douglas, erschießt ihn, hinterläßt eine Karte und flieht durch den Graben. Wenn die Karte in den Zeitungen erwähnt wird, wissen die anderen Mitglieder, daß Rache geübt wurde. Das paßt zusammen. Aber warum gerade diese Waffe? Jede andere wäre geeigneter gewesen. Und warum fehlt der Ring?«
»Ja, warum?«
»Und warum wurde noch niemand festgenommen? Es ist nach zwei Uhr. Ich nehme doch an, daß seit dem Morgengrauen jeder Polizist in hundert Kilometern Umkreis nach einem durchnäßten Fremden Ausschau hält?«
»Aber gewiß, Mr. Holmes.«
»Dann kann er ihnen nicht entgehen – es sei denn, er hat in der Nähe ein Versteck oder hatte einen Kleiderwechsel vorbereitet.«
Holmes war zum Fenster gegangen. Mit seinem Vergrößerungsglas betrachtete er den blutigen Abdruck auf dem Fensterbrett. »Der Abdruck eines auffällig breiten Schuhs – Spreizfuß, würde ich sagen. Merkwürdig! Soweit ich Abdrücke auf dem Fußboden erkennen kann, erscheint mir die Sohle eher schmal. Allerdings sind die Spuren sehr undeutlich. Was liegt denn da unter diesem Serviertisch?«
»Die Hanteln von Mr. Douglas«, sagte Ames.
»Hanteln? Es liegt nur eine da. Wo ist die andere?«
»Ich weiß nicht, Mr. Holmes. Vielleicht ist es immer nur eine gewesen. Ich habe sie monatelang nicht beachtet.«

»Eine Hantel –«, murmelte Holmes nachdenklich. Er wurde von einem scharfen Klopfen an der Tür unterbrochen. Ein großer, sonnengebräunter Mann trat ein. Ich erriet, daß es Cecil Barker war. Sein beherrschender Blick glitt mit einem fragenden Ausdruck von Gesicht zu Gesicht. »Tut mir leid, daß ich störe«, sagte er, »aber Sie sollten das Neueste hören.«

»Eine Festnahme?«

»Das nicht. Aber sie haben ein Fahrrad gefunden. Der Bursche muß es zurückgelassen haben. Sehen Sie es sich an! Nicht weiter als hundert Meter vom Haus.«

Das Fahrrad war aus einem Gebüsch gezogen worden. Es war ein ziemlich abgenutztes Rad und schmutzig wie nach einer langen Fahrt. Eine Werkzeugtasche mit einem Spanner und einem Ölkännchen war daran, aber nichts, was auf den Besitzer hinwies.

»Leider werden Fahrräder nicht registriert wie Autos«, sagte der Inspektor. »Warum hat der Kerl es nur zurückgelassen? Wenigstens hilft es uns herauszufinden, woher er kam. Aber Licht sehe ich in diesem Fall noch nicht, Mr. Holmes.«

»Wirklich nicht?« entgegnete mein Freund nachdenklich.

Die Personen des Dramas

»Haben Sie im Arbeitszimmer alles gesehen, was Sie interessiert?« fragte White Mason, als wir das Haus wieder betraten.
»Vorläufig ja«, antwortete der Inspektor, und Holmes nickte.
»Dann möchten Sie vielleicht einige Leute aus dem Haus verhören. – Ames, kommen Sie bitte als erster ins Speisezimmer und erzählen Sie uns, was Sie wissen!«
Der Bericht des Butlers war schlicht und klar und klang aufrichtig. Mr. Douglas war, soweit er wußte, reich gewesen und hatte sein Vermögen in Amerika erworben. Er war ein freundlicher Arbeitgeber, wenn auch nicht ganz aus der Klasse, die Ames gewohnt war. Er hielt ihn für den furchtlosesten Mann, den er je kennengelernt hatte. Das abendliche Hochziehen der Zugbrücke hatte er nur befohlen, weil er den alten Brauch wieder einführen wollte. Mr. Douglas war nur selten nach London gefahren. Am Tag vor dem Verbrechen hatte er in Tunbridge Wells Einkäufe gemacht. Ames war eine gewisse Unruhe an Mr. Douglas aufgefallen. Er schien ungeduldig und gereizt zu sein, was ausgesprochen ungewöhnlich war. Ames war, als das Verbrechen geschah, noch nicht zu Bett gewesen, sondern hielt sich im hinteren Teil des Hauses im Anrichteraum auf. Dort schloß er das Silber ein, als er die Glocke läuten hörte. Einen Schuß hatte er nicht vernommen. Das wäre auch kaum möglich gewesen, weil zwischen Küche und Anrichteraum und dem Eingang des Hauses lange Gänge und verschiedene Türen lagen. Das heftige Läuten hatte auch die Haushälterin aus ihrem Zimmer getrieben. Vorne angelangt, sahen sie Mrs. Douglas die Treppe herabkommen. Ames fand sie nicht besonders aufgeregt. Mr. Barker kam aus dem Arbeitszimmer herausgestürzt, als sie am Fuß der Treppe angekommen war. »Um alles in der Welt, gehen Sie

in Ihr Zimmer zurück!« rief er ihr zu. »Jack ist tot. Sie können ihm nicht helfen.« Nach einiger Überredung kehrte Mrs. Douglas um. Mrs. Allen, die Haushälterin, führte sie hinauf und blieb bei ihr im Zimmer. Ames und Barker gingen dann ins Arbeitszimmer und fanden dort alles genau so vor, wie es später die Polizei sah. Die Kerze war ausgelöscht, aber die Lampe brannte. Sie schauten aus dem Fenster. Die Nacht war dunkel, und nichts war zu sehen und zu hören. Dann eilten sie in die Halle, wo Ames die Winde drehte und die Zugbrücke senkte, und Mr. Barker lief hinaus, um die Polizei zu holen.

So lautete die Aussage des Butlers.

Mrs. Allen bestätigte voll und ganz, was er gesagt hatte. Ihr Zimmer lag dem Vorderteil des Hauses näher als der Anrichteraum. Sie wollte eben zu Bett gehen, als sie die Glocke läuten hörte. Sie war etwas schwerhörig. Vielleicht hatte sie deswegen den Schuß nicht gehört. Doch erinnerte sie sich an ein Geräusch, das sie für das Zuschlagen einer Tür gehalten hatte. Das war aber mindestens eine halbe Stunde vor dem Läuten der Glocke gewesen. Sie lief mit Ames nach vorn und sah Mr. Barker blaß und aufgeregt aus dem Arbeitszimmer kommen. Er hielt Mrs. Douglas zurück, die die Treppe herunterkam, und beschwor sie umzukehren. Was Mrs. Douglas ihm entgegnete, konnte sie jedoch nicht verstehen. »Bringen Sie sie hinauf und bleiben Sie bei ihr!« hatte Barker Mrs. Allen befohlen. Sie brachte Mrs. Douglas in ihr Zimmer und versuchte sie zu beruhigen. Mrs. Douglas zitterte am ganzen Leib und machte keinen Versuch mehr, hinunterzugehen. Die Haushälterin blieb den größten Teil der Nacht bei ihr. Die anderen Dienstboten waren alle schon zu Bett gegangen. Erst kurz bevor die Polizei kam, wurden sie verständigt. Sie konnten unmöglich etwas gehört haben, denn ihre Zimmer lagen weit hinten im Haus.

Soweit die Haushälterin. Auch das Kreuzverhör ergab nichts Neues.

Mr. Cecil Barker war der nächste. Er hatte dem, was er der Polizei schon gesagt hatte, nur wenig hinzuzufügen. Er war überzeugt, daß der Mörder durch das Fenster entkommen war. Wo der Verbrecher

geblieben war, oder warum er sein Fahrrad nicht benutzt hatte, konnte er sich nicht erklären. Barker hatte sich eine eigene Theorie über den Mann gebildet. Douglas war ein zurückhaltender Mensch gewesen, und es gab einiges in seinem Leben, worüber er nie sprach. In seiner Jugend war er von Irland nach Amerika ausgewandert. Barker hatte ihn in Kalifornien kennengelernt, wo sie auf einem ertragreichen Claim in Benito Canyon Partner geworden waren. Sie hatten eine gute Ausbeute – doch plötzlich verkaufte Douglas seinen Anteil und reiste ab. Er war damals Witwer. Auch Barker hatte später sein Geld flüssiggemacht und war nach London gegangen. Als sie sich dort wiedertrafen, erneuerten sie ihre Freundschaft. Douglas hatte sich nach Barkers Meinung von einer Gefahr bedroht gefühlt. Der plötzliche Aufbruch aus Kalifornien und das zurückgezogene Landleben in England konnten mit dieser Gefahr zusammenhängen. Barker nahm an, daß ein Geheimbund Douglas verfolgt hatte und nicht eher Ruhe gab, bis er tot war. Durch ein paar Bemerkungen seines Freundes war er auf diesen Gedanken gekommen. Genaueres wußte er jedoch nicht. Er vermutete lediglich, daß die Schrift auf der Karte mit diesem Geheimbund zusammenhing.
»Wie lange waren Sie mit Douglas in Kalifornien?«
»Fünf Jahre.«
»Sie sagten, er war Junggeselle?«
»Witwer.«
»Wissen Sie, woher seine erste Frau stammte?«
»Nein. Er sagte, sie sei schwedischer Abstammung gewesen und an Typhus gestorben, ein Jahr bevor ich ihn kennenlernte.«
»Sie können seine Vergangenheit nicht mit einem bestimmten Teil Amerikas in Verbindung bringen?«
»Doch, von Chikago hat er gesprochen. Er hatte dort gearbeitet. Ich habe ihn aber auch von Kohle- und Eisengebieten erzählen hören. Er war ziemlich viel herumgekommen.«
»War er Politiker? Hatte dieser Geheimbund vielleicht etwas mit Politik zu tun?«
»Nein. Er kümmerte sich nicht um Politik.«
»Könnte er ein Krimineller gewesen sein?«

»Ich habe nie einen anständigeren Menschen gekannt!«

»War an seiner Lebensweise in Kalifornien irgend etwas bemerkenswert?«

»Er war ein arbeitsamer Mann. Als er so plötzlich nach Europa fuhr, war ich überzeugt, daß jemand hinter ihm her sei. Ich glaube, er hatte eine Warnung erhalten. Eine Woche nachdem er fort war, erkundigte sich ein halbes Dutzend Männer nach ihm.«

»Was waren das für Männer?«

»Sie sahen alle ziemlich abgebrüht aus. Sie kamen zum Claim herauf und wollten wissen, wo er sei. Ich sagte, er sei nach Europa gegangen, ich wüßte aber nicht, wohin. Es war deutlich zu merken, daß sie nichts Gutes im Schilde führten.«

»Waren es Amerikaner?«

»Amerikaner waren es bestimmt, aber keine Goldgräber. Ich war froh, als sie wieder verschwanden.«

»Das war vor sechs Jahren?«

»Vor fast sieben Jahren.«

»Sie lebten fünf Jahre mit Douglas zusammen in Kalifornien. Demnach müßten die Anfänge dieser Geschichte mindestens elf Jahre zurückliegen.«

»Das stimmt.«

»Es muß sich also um eine ernste Angelegenheit handeln, sonst wäre er nicht mit solcher Hartnäckigkeit verfolgt worden.«

»Ich glaube, sein ganzes Leben wurde davon überschattet.«

»Aber wenn er wußte, daß ihm Gefahr droht, warum wandte er sich nicht an die Polizei?«

»Vielleicht war es eine Gefahr, vor der man ihn nicht schützen konnte. Er hatte immer seine Pistole bei sich. Nur gestern nacht hatte er sie leider in seinem Schlafzimmer gelassen. Vermutlich fühlte er sich durch die hochgezogene Brücke sicher.«

»Er war seit fünf Jahren wieder verheiratet«, sagte MacDonald.

»Dann sind Sie ungefähr zur Zeit seiner Hochzeit zurückgekehrt.«

»Etwa einen Monat vorher. Ich war Trauzeuge.«

»Kannten Sie Mrs. Douglas vor ihrer Heirat?«

»Nein. Ich war zehn Jahre lang nicht mehr in England gewesen.«

»Aber Sie kennen sie jetzt gut?«
Barker sah MacDonald an. »Ja«, sagte er dann. »Da ich meinen Freund oft besucht habe, bin ich natürlich auch oft mit seiner Frau zusammengewesen. Bilden Sie sich vielleicht ein, daß da eine Verbindung besteht?«
»Ich bilde mir nichts ein, Mr. Barker. Verstehen Sie bitte, daß ich nach allem fragen muß, was mit dem Fall zusammenhängt!«
»Manche Fragen sind beleidigend«, entgegnete Barker ärgerlich.
»Störte Ihre Freundschaft mit seiner Frau Mr. Douglas nicht doch ein bißchen?«
Barker erblaßte, und seine kräftigen Hände ballten sich krampfhaft zusammen. »Sie haben kein Recht, solche Fragen zu stellen!« rief er.
»Ich muß die Frage wiederholen.«
»Dann verweigere ich die Antwort.«
»Das können Sie tun. Aber das zeigt, daß Sie etwas verbergen möchten.«
Barker schwieg einen Augenblick und schien zu überlegen. Dann lächelte er: »Sie tun nur Ihre Pflicht, und ich darf Sie dabei nicht behindern. Doch belästigen Sie bitte Mrs. Douglas nicht damit! Sie hat es jetzt schwer genug. Der arme Douglas hatte nur einen einzigen Fehler: Er konnte seine Eifersucht nicht unterdrücken. Er schätzte mich, und er liebte seine Frau. Sie dürfen mir glauben, daß kein Mann eine liebevollere und treuere Frau und – wenn ich das sagen darf – auch keinen besseren Freund als mich haben konnte.«
Er hatte mit Gefühl und Überzeugungskraft gesprochen. Doch Inspektor MacDonald kam von dem Thema nicht los.
»Sie wissen, daß dem Toten der Ehering von der Hand gezogen wurde?«
»Es scheint so«, sagte Barker.
»Was meinen Sie mit ›scheint‹? Sie wissen es doch!«
»Wenn ich sage ›scheint‹, meine ich, daß er den Ring auch selbst abgelegt haben kann.«
»Der fehlende Ring muß doch jeden auf den Gedanken bringen, daß zwischen der Ehe und dem Mord ein Zusammenhang besteht!«

Mit mühsam beherrschter Stimme sagte Barker: »Soll damit die Ehre der Dame angetastet werden?« Und ruhiger setzte er hinzu: »Sie sind auf der falschen Spur.«
»Mehr Fragen habe ich nicht«, sagte MacDonald kühl.
»Auf eine Kleinigkeit möchte ich noch kommen«, schloß sich Sherlock Holmes an. »Nur die Kerze brannte auf dem Tisch, als Sie das Zimmer betraten?«
»Nur die Kerze.«
»Und beim Kerzenlicht sahen Sie sofort, was geschehen war?«
»Richtig.«
»Sie läuteten sofort?«
»Ja.«
»Und es kam auch sofort jemand?«
»Etwa eine Minute später.«
»Als die anderen kamen, war die Kerze schon gelöscht und die Lampe angezündet. Das ist bemerkenswert.«
Barker zögerte, bevor er antwortete. »Was ist daran bemerkenswert? Die Kerze gab nur wenig Licht, und da die Lampe auf dem Tisch stand, zündete ich sie an und blies die Kerze aus.«
Holmes stellte keine Fragen mehr, und Barker verließ mit einem herausfordernden Blick auf uns den Raum.
Jetzt trat Mrs. Douglas ein. Sie war eine schöne Frau von dreißig Jahren. Blaß und gezeichnet vom erlittenen Schock, wirkte sie doch beherrscht und innerlich ruhig. Das zeigten ihre Hände, die sie auf die Tischplatte legte. Sie waren so ruhig wie meine eigenen.
»Haben Sie schon etwas herausgefunden?« fragte sie und sah uns forschend an.
»Wir haben unternommen, was uns möglich war«, antwortete der Inspektor.
»Sparen Sie kein Geld!« sagte sie. »Nichts soll unversucht bleiben.«
»Wissen Sie etwas, das Licht in die Sache bringt?« fragte MacDonald.
»Ich fürchte, nein.«
»Sie waren weder am Abend des schrecklichen Ereignisses noch danach im Arbeitszimmer?«

»Nein, Mr. Barker schickte mich auf der Treppe zurück.«
»Wie lange dauerte es, bis Sie nach dem Geräusch des Schusses an der Treppe von Mr. Barker angehalten wurden?«
»Ein paar Minuten. Es ist schwer, in einem solchen Augenblick die Zeit abzuschätzen. Er beschwor mich, nicht weiterzugehen. Dann führte mich Mrs. Allen wieder nach oben. Es war wie ein Alptraum.«
»Können Sie sich erinnern, wie lange Ihr Mann unten war, ehe der Schuß fiel?«
»Nein. Ich habe nicht gehört, wann er den Ankleideraum verließ. Jeden Abend ging er durch das Haus; er hatte Angst, daß ein Feuer ausbrechen könnte. Das war das einzige, wovor er sich fürchtete.«
»Hat er jemals von seiner Zeit in Amerika erzählt oder davon, daß ihm von dort Gefahr droht?«
Mrs. Douglas dachte lange nach, ehe sie antwortete. »Ja«, sagte sie schließlich. »Ich hatte immer das Gefühl, daß er etwas Schlimmes erwartet. Er weigerte sich, darüber zu sprechen. Nicht, weil er kein Vertrauen zu mir gehabt hätte. Er wollte nur jede Beunruhigung von mir fernhalten.«
»Wie erfuhren Sie dann davon?«
Mrs. Douglas lächelte. »Kann ein Mann auf die Dauer ein Geheimnis bewahren, ohne daß die Frau, die ihn liebt, darauf aufmerksam wird? Ich erfuhr durch einige Andeutungen, die er wider Willen machte, daß er mächtige Feinde hatte. Er glaubte, sie seien auf seiner Spur.«
»Darf ich fragen, welche Worte Ihre Aufmerksamkeit erregten?«
»›Das Tal der Angst‹«, antwortete sie. »Als ich ihn fragte, sagte er: ›Ich bin im Tal der Angst gewesen. Es liegt noch nicht hinter mir.‹ – ›Kommen wir nie aus dem Tal der Angst heraus?‹ fragte ich ihn, wenn er ernster war als gewöhnlich. – ›Manchmal denke ich, wir schaffen es nie‹, antwortete er dann.«
»Sie haben ihn sicher gefragt, was er mit dem Tal der Angst meinte?«
»Ja, aber dann wurde sein Gesicht sehr ernst, und er schüttelte den Kopf. ›Es ist schlimm genug, daß einer von uns in seinem Schatten

gelebt hat‹, sagte er. Es muß ein Tal gewesen sein, in dem ihm etwas Schreckliches zugestoßen ist.«

»Hat er nie Namen erwähnt?« fragte Holmes.

»Doch, einmal, als er Fieber hatte. Ich erinnere mich, daß er damals ständig einen Namen nannte. Er sprach ihn mit Zorn und Schrecken aus: McGinty. Als er wieder gesund war, fragte ich ihn, wer McGinty sei. Aber ich konnte nichts aus ihm herausbekommen. Es gibt sicher einen Zusammenhang zwischen McGinty und dem Tal der Angst.«

»Da ist noch ein anderer Punkt«, sagte der Inspektor. »Sie lernten Mr. Douglas in einer Pension in London kennen und verlobten sich dort mit ihm. Geschah irgend etwas Besonderes bei der Hochzeit?«

»Nein.«

»Hatte er einen Rivalen?«

»Nein, ich war frei.«

»Sie haben gehört, daß man ihm seinen Ehering abgenommen hat. Welchen Grund könnte ein Feind aus seinem früheren Leben haben, Mr. Douglas den Ehering fortzunehmen?«

Ich hätte schwören können, daß einen Augenblick lang ein ganz schwaches Lächeln um die Lippen von Mrs. Douglas spielte.

»Das weiß ich nicht«, sagte sie. »Es ist jedenfalls etwas ganz Außergewöhnliches.«

»Ich will Sie nicht länger aufhalten«, sagte der Inspektor. »Tut mir leid, daß wir Sie belästigen mußten.«

Sie erhob sich, und während sie das Zimmer verließ, fing ich einen raschen, fragenden Blick auf, der zu sagen schien: Welchen Eindruck hat meine Aussage auf Sie gemacht?

»Eine schöne Frau«, meinte MacDonald, als sich die Tür hinter ihr geschlossen hatte. »Dieser Barker ist gewiß oft hier gewesen. Die Frauen finden Männer wie ihn meistens sehr attraktiv. Er gibt zu, daß der Tote eifersüchtig war. An der Sache mit dem Ehering kommen wir wohl nicht vorbei. Was sagen Sie dazu, Mr. Holmes?«

Mein Freund war in Gedanken versunken. Nun stand er auf und läutete. »Ames«, fragte er, als der Butler eintrat, »wo ist Mr. Barker?«

»Ich werde nachsehen, Sir.« Wenig später kam er zurück und berichtete, Mr. Barker sei im Garten.
»Können Sie sich erinnern, Ames, was Mr. Barker gestern abend an den Füßen trug, als er mit Ihnen ins Arbeitszimmer ging?«
»Ja, Mr. Holmes. Er trug Pantoffeln.«
»Wo sind die Pantoffeln jetzt?«
»Sie stehen noch unter dem Stuhl in der Halle. Ich bemerkte, daß sie mit Blut befleckt waren. Meine übrigens auch.«
»Das ist nur natürlich bei dem Zustand, in dem sich das Zimmer befand. Wir werden läuten, wenn wir Sie wieder brauchen.«
Ein paar Minuten später waren wir im Arbeitszimmer. Holmes hatte die Pantoffeln aus der Halle mitgebracht. Die Sohlen waren dunkel von Blut.
»Merkwürdig«, murmelte Holmes, als er am Fenster stand und sie betrachtete. Dann legte er rasch einen Pantoffel auf den blutigen Abdruck und lächelte uns schweigend an.
Der Inspektor wurde von Erregung ergriffen, und sein schottischer Dialekt brach ungehemmt durch. »Mann!« rief er. »Kein Zweifel! Barker selbst hat den Abdruck auf dem Fensterbrett angebracht. Er ist breiter als jeder Schuhabdruck. Sie sagten doch etwas von Spreizfuß, und das ist die Erklärung. Aber was bedeutet das?«
»Ja, was bedeutet das?« wiederholte mein Freund grübelnd.
White Mason rieb sich seine dicken Hände.
»Das ist ein Fall!« rief er.

Es hellt sich auf

Die drei Kriminalisten wollten noch vielen Einzelheiten nachgehen, und so kehrte ich allein zum Dorfgasthaus zurück. Vorher machte ich jedoch einen Spaziergang durch den alten Garten beim Herrenhaus. Breite Taxushecken, zu seltsamen Figuren geschnitten, umgaben ihn. Als ich umherwanderte und mich abzulenken versuchte, kam es zu einem merkwürdigen Vorfall, der einen düsteren Eindruck bei mir hinterließ.

Die Taxushecken bildeten eine geschlossene Wand. In der hintersten Ecke, vor jedem Einblick geschützt, stand eine Steinbank. Als ich mich näherte, hörte ich Stimmen. Eine davon war eine tiefe Männerstimme. Ihr antwortete das leise Lachen einer Frau. Kurz darauf erreichte ich das Ende der Hecke und erblickte Mrs. Douglas und Mr. Barker. Noch bemerkten sie mich nicht. Mrs. Douglas' Gesichtsausdruck erschütterte mich. Hatte sie bei der Befragung eben noch traurig, wenn auch gefaßt gewirkt, so war jetzt alle Trauer verflogen, und ihre Augen glänzten vor Lebenslust. Barker saß nach vorne gebeugt da, ein Lächeln auf dem kühnen Gesicht. Im selben Moment, jedoch gerade einen Augenblick zu spät, wurden beide wieder ernst. Schnell wechselten sie einige Worte, dann trat Barker auf mich zu.

»Entschuldigen Sie, Sir«, sagte er. »Spreche ich mit Dr. Watson?«

Ich verbeugte mich kühl.

»Wir dachten uns, daß Sie es sind. Hätten Sie etwas dagegen, einen Augenblick mit Mrs. Douglas zu sprechen?«

Ich folgte ihm mit finsterer Miene.

»Ich fürchte, Sie halten mich für roh und herzlos«, begann Mrs. Douglas.

Ich zuckte die Achseln. »Das geht mich nichts an.«

»Eines Tages werden Sie es besser verstehen –«
»Das ist nicht nötig«, fiel Barker ein. »Er hat selbst gesagt, daß es ihn nichts angeht.«
»Richtig«, sagte ich, »und deshalb entschuldigen Sie mich bitte jetzt!«
»Einen Augenblick, Dr. Watson!« sagte die Frau mit bittender Stimme. »Ich habe eine Frage, die nur Sie mir beantworten können. Sie kennen Mr. Holmes und seine Beziehungen zur Polizei besser als jeder andere. Angenommen, man vertraut ihm etwas unter dem Siegel der Verschwiegenheit an, muß er es dann der Polizei mitteilen?«
»Ja, das ist die Frage«, sagte Barker eifrig. »Arbeitet er selbständig oder mit der Polizei?«
»Ich weiß nicht, warum ich das mit Ihnen erörtern sollte.«
»Ich bitte Sie inständig, Dr. Watson! Ich versichere Ihnen, daß Sie uns sehr helfen könnten.«
In ihrer Stimme lag ein solcher Ernst, daß ich für einen Augenblick ihre Leichtfertigkeit vergaß. »Mr. Holmes ist unabhängig«, erklärte ich. »Aber selbstverständlich würde er die Beamten nicht hintergehen und nichts verheimlichen, was ihnen helfen könnte, einen Verbrecher zu ergreifen. Wenn Sie es noch genauer wissen wollen, müssen Sie schon mit Mr. Holmes selbst sprechen.«
Mit diesen Worten zog ich meinen Hut und ging weiter. Am Ende des Gartenweges sah ich noch einmal zurück. Sie blickten mir nach und sprachen miteinander.
»Ich möchte mir nichts anvertrauen lassen«, sagte Holmes, als ich ihm berichtete, was geschehen war. »Das kann unangenehm werden, wenn es zu einer Festnahme wegen Mordes kommen sollte.«
»Glauben Sie, daß es dazu kommt?«
Holmes war in bester Stimmung. Er war gegen fünf Uhr in den Gasthof zurückgekehrt und nahm mit großem Appetit die erste richtige Mahlzeit dieses Tages zu sich.
»Mein lieber Watson«, sagte er, »noch ist die Situation nicht völlig ausgelotet, aber wenn wir die verlorene Hantel gefunden haben –«
»Die Hantel?«

»Watson, haben Sie etwa nicht begriffen, daß der ganze Fall an der fehlenden Hantel hängt? Na, seien Sie nicht niedergeschlagen! Weder Inspektor Mac noch der Arzt haben die überwältigende Bedeutung dieses Details erkannt. *Eine* Hantel, Watson!«

Endlich war Holmes mit dem Essen fertig, setzte sich in die Kaminecke des Gasthofs, zündete seine Pfeife an und begann gemächlich über den Fall zu plaudern, wie einer, der laut denkt.

»Eine große Lüge, Watson, steht gleich am Anfang. Gehen wir davon aus! Die ganze Geschichte, die uns Barker erzählt hat, ist eine Lüge. Aber Barkers Geschichte wird von Mrs. Douglas bestätigt. Also lügen beide und auf Verabredung. Doch warum? Und wie sieht die Wahrheit aus, die sie zu verbergen suchen? Wir wollen einmal sehen, Watson, ob wir nicht hinter diese Lüge kommen! Woher weiß ich, daß sie lügen? Weil alles sehr ungeschickt zusammengereimt ist. Überlegen Sie doch! Wie uns erzählt wurde, hatte der Mörder weniger als eine Minute Zeit, dem Toten zwei Ringe abzuziehen, den einen wieder aufzustecken und die Karte neben seinem Opfer niederzulegen. Ich behaupte, daß das unmöglich ist. Sie könnten einwenden, Watson, daß der Ring dem Mann vor dem Mord abgenommen wurde. Aber um das anzunehmen, sind Sie zu klug. Die Kerze hat nur kurze Zeit gebrannt. Das zeigt, daß keine längere Unterredung stattgefunden hat. War der furchtlose Douglas ein Mann, der so ohne weiteres seinen Ehering hergibt? Nein, der Mörder muß mit dem Toten eine ganze Zeit lang allein gewesen sein, während die Lampe brannte. Daran zweifle ich nicht. Da der Gewehrschuß die Todesursache war, muß er einige Zeit früher abgegeben worden sein, als man uns sagte. Es besteht ein Komplott zwischen den beiden Leuten, die den Schuß hörten – Barker und Mrs. Douglas. Wenn ich außerdem noch beweisen kann, daß der blutige Abdruck auf der Fensterbank von Barker absichtlich angebracht wurde, um die Polizei auf die falsche Spur zu setzen, werden Sie zugeben müssen, daß es schlecht für ihn aussieht.

Wann also geschah der Mord tatsächlich? Bis halb elf gingen die Dienstboten im Haus umher. Vor diesem Zeitpunkt wurde die Tat also sicher nicht begangen. Um Viertel vor elf waren sie alle auf ihrem Zimmer, mit Ausnahme von Ames. Er hielt sich im hinteren Teil des Hauses auf. Ich habe heute nachmittag einige Versuche unternommen. Kein Geräusch aus dem Arbeitszimmer war im Anrichteraum zu hören. Anders steht es mit dem Zimmer der Haushälterin, das weniger weit vom Arbeitszimmer entfernt ist. Wenn MacDonald im Mordzimmer laut sprach, konnte ich ihn in diesem Raum hören. Der nah am Opfer abgegebene Schuß kann nicht sehr laut gewesen sein, aber er hätte in Mrs. Allens Zimmer gehört werden müssen. Sie ist zwar schwerhörig, aber sie sagte, daß sie eine halbe Stunde, bevor geläutet wurde, Türenschlagen gehört hat. Was sie jedoch gehört hat, war zweifellos der Knall des Schusses, und das war der tatsächliche Augenblick des Mordes. Wir müssen nun feststellen, was Mr. Barker und Mrs. Douglas – vorausgesetzt, sie sind nicht die Mörder – von Viertel vor elf bis Viertel nach elf gemacht haben.«

»Ich bin auch davon überzeugt«, stimmte ich zu, »daß es ein Einvernehmen zwischen den beiden gibt. Sie muß ein ziemlich herzloses Geschöpf sein, wenn sie schon wenige Stunden nach der Ermordung ihres Mannes über einen Scherz lachen kann.«

»Sehr richtig! Selbst dem kältesten Beobachter hätte am Mordabend auffallen müssen, daß Mrs. Douglas keinerlei spontane Äußerung von Schmerz oder Entsetzen zeigte. Schon dieser Umstand allein hätte in mir den Verdacht eines Komplotts geweckt.«

»Glauben Sie wirklich, daß Mr. Barker und Mrs. Douglas den Mord begangen haben?«

»Ihre Fragen sind immer sehr direkt, Watson«, meinte Holmes und drohte mir mit seiner Pfeife. »Würden Sie mich fragen, ob Mrs. Douglas und Barker die Wahrheit über den Mord kennen, aber sie verheimlichen, dann könnte ich Ihnen mit gutem Gewissen antworten: Davon bin ich überzeugt. Auf Ihre Frage jedoch kann ich nicht so einfach antworten. Lassen Sie uns die Schwierigkeiten betrachten, die dem im Wege stehen!

Nehmen wir an, dieses Paar liebt sich und beschließt, den Mann loszuwerden, der ihnen im Wege steht. Das ist eine gewagte Annahme! Vorsichtige Erkundigungen bei der Dienerschaft und bei anderen Personen haben ergeben, daß die Eheleute einander sehr zugetan waren.«

»Das kann nicht wahr sein!« rief ich und dachte an das schöne, lächelnde Gesicht im Garten.

»Nun, sie machten aber diesen Eindruck. Nehmen wir einmal an, Barker und Mrs. Douglas wären außerordentlich vorsichtig gewesen und hätten jeden in dieser Hinsicht getäuscht und den Ehemann ermordet! Er war ja zufällig ein Mann, dem Gefahr drohte.«

»Das wissen wir nur von den beiden«, warf ich ein.

Holmes dachte nach.

»Ich verstehe, Watson, Sie wollen darauf hinaus, daß alles, was die beiden von Anfang an sagten, unwahr ist: Es gab nie eine Gefahr, keinen Geheimbund, kein Tal der Angst. Warum dann ausgerechnet ein abgesägtes Gewehr, noch dazu ein amerikanisches? Und warum all die anderen Dinge, wie die Karte neben der Leiche, der Abdruck auf der Fensterbank, das Fahrrad im Gebüsch? Vielleicht wollten sie damit vortäuschen, daß der Mord von jemandem außerhalb des Hauses begangen wurde. Wie konnten sie aber sicher sein, daß durch den Schuß niemand aufmerksam wurde?«

»Ich gestehe, daß ich es nicht erklären kann.«

»Andererseits – würde man dann einen Ehering abziehen, um die Schuld überdeutlich zu machen? Und wofür ein Fahrrad verstekken?«

»Hm, dafür gibt es auch keine Erklärung.«

»Setzen wir doch einmal voraus, daß es tatsächlich ein schlimmes Geheimnis im Leben von Mr. Douglas gab! Es führte zu seiner Ermordung, die ein Racheakt war. Der Rächer nahm aus einem uns unbekannten Grund den Ehering des Toten mit. Vielleicht geht die Rache auf die erste Ehe des Ermordeten zurück. Bevor der Täter fliehen konnte, hatten Barker und Mrs. Douglas jedoch das Mordzimmer erreicht. Der Mörder überzeugte sie, daß seine Verhaftung zu einem schrecklichen Skandal führen würde. So zogen sie es vor, ihn gehen zu lassen. Zu diesem Zweck ließen sie wahrscheinlich die Brücke hinab und zogen sie wieder hinauf, was völlig geräuschlos vor sich geht. Der Mörder floh und ließ aus irgendeinem Grund das

Fahrrad zurück. Soweit bewegen wir uns noch in den Grenzen des Möglichen, nicht wahr?«

»Möglich ist das schon«, sagte ich mit einiger Zurückhaltung.

»Setzen wir unsere Vermutungen fort! Die beiden begreifen, daß sie kaum beweisen können, mit der Tat nichts zu tun zu haben. Sie stellen sich rasch, aber ungeschickt auf die Situation ein. Mit Barkers Pantoffel bringen sie den Fußabdruck auf dem Fensterbrett an, um den Fluchtweg anzudeuten; eine gute halbe Stunde später alarmieren sie dann die Hausbewohner.«

»Und wie wollen Sie das alles beweisen?«

»Nun, wenn jemand von außerhalb des Hauses der Täter gewesen ist, wird man ihn vielleicht aufspüren. Das wäre der wirkungsvollste Beweis. Aber wenn nicht – ein einsamer Abend im Arbeitszimmer wird mich weiterbringen.«

»Ein einsamer Abend?«

»Ich werde in Kürze hingehen. So habe ich es mit Ames besprochen. Ich werde in diesem Zimmer sitzen und abwarten, ob seine Atmosphäre mir eine Eingebung bringt. Sie lächeln, Watson? Wir werden ja sehen. Übrigens, haben Sie Ihren Regenschirm mit?«

»Hier ist er.«

»Darf ich ihn mir ausleihen?«

»Natürlich, aber als Waffe taugt er nicht viel. Wenn Gefahr besteht –«

»Kaum, mein lieber Watson! Andernfalls würde ich Sie bestimmt um Hilfe bitten. Ich warte nur noch die Rückkehr unserer Kollegen aus Tunbridge Wells ab, wo sie versuchen, den Eigentümer des Rades festzustellen.«

Es dunkelte bereits, als Inspektor MacDonald und White Mason zurückkamen. In angeregter Stimmung meldeten sie einen großen Fortschritt in ihrer Untersuchung.

»Ich gebe zu, ich hatte meine Zweifel, ob der Täter von außen kam«, sagte MacDonald. »Aber jetzt ist das Fahrrad identifiziert, und wir haben eine Beschreibung seines Besitzers.«

»Das klingt wie der Anfang vom Ende«, meinte Holmes. »Ich gratuliere Ihnen beiden von ganzem Herzen.«

»Ich ging davon aus, daß Mr. Douglas verstört schien, seit er in Tunbridge Wells war. Er muß sich also dort einer Gefahr bewußt geworden sein. Deshalb war mir klar: Falls ein Mann mit einem Fahrrad gekommen war, dann aus Tunbridge Wells. Der Wirt vom ›Adler‹ erkannte das Rad sofort wieder. Es gehört einem Mann namens Hargrave. Er hatte sich dort vor zwei Tagen ein Zimmer genommen und nur dieses Rad und einen kleinen Koffer bei sich gehabt. Als Heimatort hatte er London angegeben, aber keine genauere Adresse. Der Koffer stammt von einer Londoner Firma, sein Inhalt ist englischer Herkunft, und der Mann selbst war Amerikaner.«
Holmes schien erheitert. »Es geht doch nichts über praktische Arbeit, Mr. Mac.«
»Da haben Sie recht«, sagte der Inspektor befriedigt.
»Aber das kann auch zu Ihrer Theorie passen, Holmes«, bemerkte ich.
»Vielleicht, vielleicht auch nicht«, entgegnete Holmes. »Erzählen Sie weiter, Mr. Mac! Haben Sie nichts gefunden, was den Mann identifizierte?«
»Es sieht so aus, als habe er sich gegen die Identifizierung schützen wollen. Es gab keine Papiere, keine Briefe, keine Wäschezeichen. Auf dem Tisch seines Zimmers lag eine Straßenkarte der Grafschaft. Er war gestern morgen nach dem Frühstück auf seinem Rad fortgefahren, und man hatte nichts mehr von ihm gehört, bis wir kamen.«
»Das allerdings wundert mich, Mr. Holmes«, warf Mason ein. »Warum ist der Mann nicht zurückgekehrt, wenn er Aufsehen vermeiden wollte? Er mußte doch wissen, daß sein Verschwinden der Polizei gemeldet und dann mit dem Mord in Verbindung gebracht wird.«
»Sollte man annehmen. Und wie steht es mit seiner Beschreibung?«
MacDonald zückte sein Notizbuch.
»Hier ist sie. Er scheint nicht besonders aufgefallen zu sein: ungefähr einssiebzig groß, etwa fünfzig Jahre alt, Haar und Schnurrbart leicht ergraut, die Nase etwas gebogen, das Gesicht ein wenig verwegen.«

»Das könnte fast eine Beschreibung von Douglas selbst sein«, meinte Holmes. »Er war knapp über fünfzig, hatte graues Haar und einen grauen Schnurrbart und ungefähr die angegebene Größe. Gibt es weitere Angaben?«
»Er trug einen grauen Anzug, einen kurzen gelben Mantel und eine Mütze.«
»Was ist mit dem Gewehr?«
»Es hätte in den Koffer gepaßt, und er hätte es ohne weiteres unter dem Mantel tragen können.«
»Und weshalb meinen Sie, daß all das zur Aufklärung beiträgt?«
»Wenn wir unseren Mann haben, werden wir das besser beurteilen können«, antwortete MacDonald. »Trotzdem können wir auch jetzt schon einiges dazu sagen: Ein Amerikaner namens Hargrave kam mit einem Fahrrad und mit einem Koffer nach Tunbridge Wells. Gestern morgen machte er sich auf den Weg zum Gutshaus, das Gewehr unter dem Mantel versteckt. Vermutlich hatte er die Absicht, es außerhalb des Hauses zu benutzen – in einer Gegend, wo viel gejagt wird, fällt der Knall eines Schusses nicht auf. Hargrave wartete also in einem Versteck. Als Mr. Douglas nicht erschien, näherte er sich in der Dämmerung dem Haus. Die Zugbrücke war herabgelassen; er schlüpfte in das erste erreichbare Zimmer und verbarg sich hinter dem Vorhang. Von dort aus sah er, daß die Zugbrücke hochgezogen wurde – jetzt hatte er als Fluchtweg nur noch den Graben. Er wartete, bis Mr. Douglas auf seiner üblichen Runde ins Zimmer kam. Hargrave erschoß ihn und floh. Da die Leute im Gasthaus sein Fahrrad kannten, ließ er es liegen und begab sich auf andere Weise nach London oder in ein Versteck. Wie klingt das, Mr. Holmes?«
»Das ist *Ihr* Ende der Geschichte, Mr. Mac. *Mein* Ende lautet anders: Das Verbrechen wurde eine halbe Stunde früher begangen, als man uns sagte. Mr. Barker und Mrs. Douglas haben sich verabredet, uns etwas zu verbergen. Tatsächlich erreichten sie das Zimmer, bevor der Täter fliehen konnte, und vielleicht halfen sie ihm sogar bei der Flucht. Sie haben die Blutspuren auf der Fensterbank gefälscht und vermutlich sogar die Zugbrücke hinuntergelassen.«

Die beiden Kriminalisten schüttelten den Kopf.
»Mrs. Douglas ist doch nie in ihrem Leben in Amerika gewesen!« rief White Mason. »Wieso steht sie dann mit einem Mörder aus Amerika in Verbindung und deckt ihn?«
»Ich gebe zu, daß es rätselhaft ist«, sagte Holmes. »Aber in der kommenden Nacht werde ich eine kleine Untersuchung durchführen. Es ist möglich, daß sie etwas ergibt.«
»Können wir Ihnen helfen, Mr. Holmes?«
»Nein, danke! Ich brauche nicht mehr als die Dunkelheit und Mr. Watsons Regenschirm. Der treue Ames wird mir sicherlich beistehen. Meine Überlegungen führen immer wieder zu der *einen* Grundfrage zurück: Warum trainierte ein sportlicher Mensch mit einer einzelnen Hantel?«
Es war ziemlich spät in der Nacht, als Holmes in den Gasthof zurückkam. Ich schlief schon in unserem Doppelzimmer und wachte bei Holmes' Eintritt auf.
»Haben Sie etwas entdeckt?« murmelte ich.
Er stand schweigend neben mir. Dann beugte sich seine große, magere Gestalt zu mir herab.
»Hören Sie, Watson«, flüsterte er, »haben Sie Angst, im selben Zimmer mit einem Irren zu schlafen, mit einem Verrückten, der seinen Verstand verloren hat?«
»Nicht im geringsten«, erwiderte ich erstaunt.
»Na, das ist ein Glück!« war alles, was er noch sagte.

Die Lösung

Am nächsten Morgen fanden wir Inspektor MacDonald und White Mason am Wohnzimmertisch des Sergeanten. Vor ihnen lagen viele Briefe und Telegramme.
»Immer noch dem flüchtigen Radfahrer auf der Spur?« fragte Holmes heiter. »Wissen Sie etwas Neues von dem Schurken?«
MacDonald deutete kleinlaut auf die viele Post. »Er wird gemeldet aus Leicester, Nottingham, Southampton, Derby, East Ham, Richmond und vierzehn anderen Orten. Dreimal liegt eine Anklage gegen ihn vor, so daß er verhaftet wurde. Überall wird in gelben Mänteln geflüchtet!«
»Du liebe Zeit!« sagte Holmes mitfühlend. »Ich möchte Ihnen einen guten Rat geben: Geben Sie den Fall auf!«
»Sie halten ihn für hoffnungslos?« rief der Inspektor.
»*Ihren* Fall halte ich für hoffnungslos. Es ist jedoch nicht hoffnungslos, die Wahrheit zu entdecken.«
»Aber dieser Radfahrer! Er ist doch keine Erfindung. Warum sollten wir ihn nicht irgendwo festnehmen können?«
»Zweifellos ist er irgendwo, aber ich möchte nicht, daß Sie Ihre Kräfte nutzlos verschwenden.«
»Sie verschweigen etwas. Das ist nicht fair, Mr. Holmes«, sagte der Inspektor gekränkt.
»Meine Arbeitsweise ist Ihnen doch bekannt, Mr. Mac! Ich möchte meine Theorie erst bestätigt sehen, dann überlasse ich Ihnen alles und kehre nach London zurück. Ich verdanke Ihnen viel zu viele neue Erfahrungen, als daß ich Ihnen den Ruhm wegnehmen möchte.«
»Das geht über meinen Verstand, Mr. Holmes! Gestern abend, als wir aus Tunbridge Wells zurückkamen, stimmten Sie unseren Re-

sultaten zu. Wieso haben Sie jetzt eine völlig neue Vorstellung von dem Fall?«

»In der vergangenen Nacht habe ich ein paar Stunden im Gutshaus verbracht. Vorerst kann ich Ihnen nur einige sehr allgemeine Hinweise geben. Übrigens habe ich eine kurze, aber überaus lehrreiche Geschichte des alten Gebäudes gelesen. Man kann sie für die bescheidene Summe von einem Penny im Tabakgeschäft des Dorfes kaufen.«

Holmes zog eine Broschüre aus seiner Jackentasche. »Es beflügelt eine Untersuchung außerordentlich, mein lieber Mr. Mac, wenn man mit dem historischen Hintergrund des Tatorts vertraut ist. Ich will Ihnen etwas daraus vorlesen: ›Erbaut im fünften Jahre der Regierungszeit James I. auf den Resten eines viel älteren Gebäudes, stellt das Gutshaus von Birlstone eines der schönsten noch erhaltenen Wasserschlösser dieser Zeit dar –‹ «

»Sie halten uns zum Narren, Mr. Holmes!«

»Das ist das erste Zeichen von Unbeherrschtheit, Mr. Mac, das ich an Ihnen bemerke. In dieser Broschüre ist unter anderem auch davon die Rede, daß sich König Charles im Bürgerkrieg mehrere Tage hier versteckt hielt. Aber lassen wir das Vergangene, wenden wir uns der Gegenwart zu! Gestern abend im Gutshaus habe ich weder Mr. Barker noch Mrs. Douglas gesehen. Ich hörte jedoch zu meiner Freude, daß die Dame nicht zu leiden schien und ein vorzügliches Abendessen genossen hat. Mein Besuch galt in erster Linie dem guten Mr. Ames. Wir tauschten ein paar Freundlichkeiten aus, was dazu führte, daß er mich eine Zeitlang im Arbeitszimmer sitzen ließ und niemandem etwas davon sagte.«

»Was? Mit dem Toten?« fragte ich mit einigem Entsetzen.

»Nein. Das Zimmer war wieder in einem ordentlichen Zustand. Ich verbrachte dort eine lehrreiche Viertelstunde. Um es kurz zu machen: Ich suchte die fehlende Hantel. Sie hat in meinen Überlegungen immer eine große Rolle gespielt. Ich fand sie.«

»Wo?«

»Da kommen wir an den Rand des Unerforschten. Soviel kann ich Ihnen jedoch sagen: Versuchen Sie nicht, den geheimnisvollen

Herrn auf dem Fahrrad zu finden! Das wird Sie nicht weiterbringen. Sind Sie bereit zu tun, was ich Ihnen rate?«
»Ihre Vorschläge, so merkwürdig sie in der Vergangenheit auch waren, hatten immer einen Sinn. Ich werde tun, was Sie sagen.«
Mason, dem Holmes' Methoden neu waren, sah hilflos von einem zum anderen.
»Wenn es der Inspektor gut findet, schließe ich mich nicht aus«, meinte er schließlich.
»Großartig«, sagte Holmes. »Dann schlage ich Ihnen einen langen, erholsamen Spaziergang durch den Birlstoner Wald vor. Kehren Sie unterwegs in einem netten, kleinen Gasthof ein, und abends kommen Sie müde, aber glücklich –«
»Sie veralbern die Polizei!« rief Inspektor MacDonald und sprang auf.
Holmes klopfte ihm beruhigend auf die Schulter. »Verbringen Sie den Tag, wie Sie wollen, aber seien Sie bitte vor Anbruch der Dunkelheit wieder hier, Mr. Mac!«
»Das hört sich schon vernünftiger an.«
»Wichtig ist, daß Sie hier sind, wenn ich Sie brauche. Bevor wir uns trennen, schreiben Sie bitte noch einen Brief an Mr. Barker. Wenn Sie einverstanden sind, werde ich diktieren. Also: ›Sehr geehrter Mr. Barker, morgen muß der Graben abgelassen werden, denn wir hoffen, dadurch etwas zu finden, das uns endlich voranbringt.‹«
»Aber das ist unmöglich!« rief der Inspektor.
»Schreiben Sie es trotzdem!«
»Dann fahren Sie fort.«
»›Die Vorbereitungen zum Umleiten des Baches sind bereits getroffen. Bitte haben Sie für diese Maßnahme Verständnis!‹ Jetzt unterschreiben Sie bitte! Schicken Sie den Brief gegen vier Uhr hinüber! Zu dieser Zeit treffen wir uns wieder hier. Bis dahin kann jeder von uns machen, wozu er Lust hat. Vor heute abend ereignet sich doch nichts mehr.«
Als wir uns wieder versammelten, war Holmes sehr ernst, ich selbst neugierig, und die beiden Kriminalbeamten wirkten unzufrieden.
»Meine Herren«, sagte mein Freund, »bitte vertrauen Sie mir! Es ist

ein kalter Abend, und es kann lange dauern. Ziehen Sie sich warm an!«

Wir gingen am Rande des Parks entlang bis zu einer Lücke im Zaun. In der zunehmenden Dämmerung folgten wir Holmes durch die Lücke und bis zu einem Gebüsch gegenüber dem Hauptportal des Hauses. Die Zugbrücke war noch nicht hochgezogen. Holmes kauerte sich hinter das Gebüsch, und wir folgten seinem Beispiel.

»Fassen Sie sich in Geduld und seien Sie so leise wie möglich!« flüsterte Holmes.

»Ich hoffe nur, die Aktion hat Erfolg, ehe wir uns in der Kälte den Tod holen«, murmelte MacDonald mit gespielter Resignation.

Langsam wurde es finster um das alte Haus. Die Feuchtigkeit des Wassergrabens drang unangenehm in unsere Kleidung. Über dem Hauseingang brannte eine Lampe, und aus dem Arbeitszimmer schimmerte Licht. Sonst war alles dunkel.

»Wie lange dauert es noch?« fragte der Inspektor ungeduldig.

»Das weiß ich so wenig wie Sie«, antwortete Holmes ein wenig schroff. »Aber bitte – da ist ja schon das Ereignis, auf das wir warten!«

Während er sprach, begann jemand im erleuchteten Arbeitszimmer hin und her zu gehen. Das Gebüsch, hinter dem wir uns verbargen, lag kaum mehr als ein Dutzend Meter vom Haus entfernt und dem Fenster unmittelbar gegenüber. Plötzlich wurde dieses Fenster geöffnet. Wir konnten undeutlich Schultern und Kopf eines Mannes erkennen, der hinausschaute. Er beugte sich vor, und dann hörten wir ein leises Plätschern von aufgerührtem Wasser. Der Mann hielt einen Gegenstand in der Hand, mit dem er im Graben herumstocherte. Plötzlich zog er etwas Großes, Rundes aus dem Wasser, so wie ein Angler einen Fisch an Land holt.

»Jetzt!« rief Holmes. »Jetzt!«

Mit steifgewordenen Gliedern eilten wir dem drahtigen Holmes nach. Er lief als erster über die Brücke und riß heftig am Glockenstrang. Erstaunt ließ Ames uns ein. Holmes schob ihn ohne ein Wort zur Seite, und wir stürzten ins Arbeitszimmer.

Cecil Barker hatte die Lampe in der Hand und hielt sie uns entge-

gen. Sie beleuchtete sein entschlossenes Gesicht und seine drohenden Augen.
»Hinter was, zum Teufel, sind Sie her?« rief er.
Holmes sah sich im Raum um und zog dann rasch ein nasses, zusammengeschnürtes Bündel unter dem Schreibtisch hervor.
»Hinter diesem mit einer Hantel beschwerten Bündel sind wir her, Mr. Barker.«
Barker starrte Holmes erstaunt an. »Wieso, um alles in der Welt, wissen Sie davon?«
»Weil ich das Bündel wieder in den Graben gelegt habe, nachdem ich es gestern abend mit der Krücke von Dr. Watsons Regenschirm herausgeangelt hatte. Daß nur noch eine Hantel da war, hatte mich auf den Gedanken gebracht, daß mit der anderen etwas beschwert und im Graben versenkt worden sein könnte. Die Ankündigung, den Graben umzuleiten, mußte denjenigen, der das Bündel versteckt hatte, dazu bringen, es herauszuholen. Mr. Barker, vor Ihnen stehen nicht weniger als vier Zeugen, die Sie soeben dabei beobachtet haben.«
Sherlock Holmes öffnete das nasse Bündel. Er holte eine Hantel und ein Paar Stiefel heraus. »Es sind amerikanische«, bemerkte er und deutete auf die Spitzen. Dann legte er ein langes Messer auf den Tisch. Schließlich zerrte er das Bündel auseinander. Es bestand aus einer vollständigen Garnitur Unterwäsche, Socken, einem grauen Anzug und einem kurzen gelben Mantel.
»Über die Kleidungsstücke kann man nicht viel sagen«, bemerkte Holmes, »nur der Mantel weist besondere Merkmale auf.« Er hielt ihn ins Licht, und seine langen dünnen Finger fuhren über den Stoff. »Hier in der Innentasche ist genug Platz für ein abgesägtes Gewehr. Auf dem Schneideretikett steht ›Neale, Vermissa, USA‹. Ich habe mich im Lexikon des Pfarrers über Vermissa informiert. Es ist eine reiche kleine Stadt am Taleingang eines der bekanntesten Kohle- und Eisenvorkommen Amerikas. Mr. Barker, Sie brachten das Kohlegebiet mit der ersten Frau von Mr. Douglas in Verbindung. Es ist wohl eine zutreffende Vermutung, daß das ›V. V.‹ auf der Karte bei dem Leichnam ›Vermissa Valley‹ bedeutet. Dieses Tal,

aus dem der Mörder kam, ist mit Sicherheit das Tal der Angst. Und nun, Mr. Barker, möchte ich Ihren Erklärungen nicht länger im Wege stehen.«

Cecil Barkers Gesicht hatte ständig den Ausdruck gewechselt, hatte Zorn, Staunen, Verwirrung und Unentschlossenheit erkennen lassen. Mit beißender Ironie sagte er jetzt: »Können Sie uns nicht noch mehr erzählen, da Sie doch soviel wissen, Mr. Holmes?«

»Ich könnte noch viel sagen, Mr. Barker. Aber es wäre besser, Sie sprächen jetzt.«

»Meinen Sie? Ich erkläre nur: Wenn es ein Geheimnis gibt, ist es nicht mein Geheimnis, und ich bin nicht der Mann, der es verrät.«

Damit schien die Angelegenheit in eine Sackgasse geraten zu sein. Barkers trotziges Gesicht verriet, daß nichts auf der Welt seinen Willen brechen konnte. Doch in diesem Augenblick rettete Mrs. Douglas, die in der halbgeöffneten Tür zugehört hatte und nun hereintrat, die Situation.

»Du hast genug für uns getan, Cecil«, sagte sie entschlossen, »einerlei, was nun wird, es ist genug!«

»Mehr als genug«, ergänzte Sherlock Holmes. »Sie haben meine volle Sympathie, Mrs. Douglas, und ich empfehle Ihnen dringend, der Polizei zu vertrauen. Es gibt vieles zu erklären. Ich bitte deshalb *Mister Douglas,* uns seine Geschichte zu erzählen.«

Mrs. Douglas stieß bei Holmes' Worten einen überraschten Schrei aus. Auch die Beamten und ich staunten nicht wenig, als wir einen Mann aus der Dunkelheit einer Zimmerecke ins Licht treten sahen. Mrs. Douglas ging auf ihn zu und umarmte ihn. Barker ergriff seine ausgestreckte Hand.

»Es ist sicher am besten so, Jack«, sagte seine Frau.

Der Mann schaute uns blinzelnd der Reihe nach an. Er hatte ein bemerkenswertes Gesicht – kühne, graue Augen, einen grauen Schnurrbart, ein kräftiges Kinn und einen ausdrucksvollen Mund. Zu meinem Erstaunen trat er auf mich zu und gab mir einen Stoß Papiere.

»Sie sind Dr. Watson, der Mr. Holmes' Erlebnisse für die Nachwelt festhält?«

Ich nickte.
»Eine Geschichte wie diese haben Sie noch nicht in den Händen gehabt. Während der zwei Tage, die ich in der Rattenfalle versteckt saß, hatte ich Zeit, sie aufzuzeichnen. Ich stelle sie Ihnen zur Verfügung. Es ist die Geschichte des Tals der Angst.«
»Das ist die Vergangenheit, Mr. Douglas«, unterbrach Sherlock Holmes ihn ruhig. »Lassen Sie uns jetzt bitte Ihre Darstellung der Gegenwart hören!«
»Die sollen Sie haben, Mr. Holmes«, sagte Douglas. Er schaute Holmes an. »Gehört habe ich schon viel von Ihnen, aber ich hätte nie gedacht, daß ich Sie einmal kennenlerne.«
Inspektor MacDonald hatte Douglas die ganze Zeit wie erstarrt angesehen.
»Das haut mich um!« rief er endlich. »Wenn Sie Mr. John Douglas sind, wessen Tod haben wir dann in den beiden letzten Tagen untersucht? Und woher kommen Sie jetzt?«
»Ach, Mr. Mac«, sagte Holmes und drohte ihm mit dem Finger, »Sie wollten ja nichts von der Broschüre über die Geschichte des Hauses wissen. Darin wird, wie ich Ihnen schon sagte, erwähnt, daß König Charles sich hier einmal versteckte. Ein Versteck, das einmal benutzt wurde, läßt sich jederzeit wieder verwenden. Ich war überzeugt davon, daß wir Mr. Douglas unter diesem Dach finden würden.«
»Und wie lange halten Sie uns nun schon zum Narren, Mr. Holmes?« fragte MacDonald ärgerlich.
»Mein lieber Mr. Mac, gestern abend wurde ich mir über den Fall klar. Nachprüfen konnte ich die Fakten jedoch erst heute abend, zusammen mit Ihnen. Als ich das Kleiderbündel im Graben fand, wußte ich sofort, daß die Leiche nicht die von Mr. Douglas sein konnte, sondern nur die des Radfahrers aus Tunbridge Wells. Deshalb mußte ich feststellen, wo Mr. Douglas sich verbarg. Dieses Haus ist ja wie geschaffen für ein Versteck. Sicher wollte Mr. Douglas fliehen, sobald es wieder ruhig geworden war.«
Mr. Douglas nickte zustimmend. »Ich wollte den britischen Gesetzen entgehen und gleichzeitig meine Verfolger für immer ab-

schütteln. Aber ich habe nichts getan, wofür ich mich schämen müßte.«

Mr. Douglas wies auf das Papierbündel in meiner Hand. »Wie alles anfing, steht da drin. Es gibt ein paar Männer, die guten Grund haben, mich zu hassen. Solange sie am Leben sind, gibt es auf der ganzen Welt keine Sicherheit für mich. Sie jagten mich von Chikago nach Kalifornien. Dann verließ ich Amerika und hoffte nach meiner Hochzeit an diesem ruhigen Ort auf friedliche Jahre. Zu meiner Frau habe ich nie darüber gesprochen, denn sie hätte keine Ruhe mehr gefunden. Bis gestern hatte sie keine genaue Kenntnis von der Sache. Sie hat Ihnen alles gesagt, was sie wußte, und auch Barker wußte nicht mehr. In der Nacht, als es geschah, war verdammt wenig Zeit für Erklärungen.

In Tunbridge Wells, einen Tag zuvor, hatte ich den Mann erkannt. Er war der gnadenloseste meiner Feinde. Ich glaubte, daß ich mit der Gefahr allein fertig würde. Am folgenden Tag verließ ich das Haus nicht. Das war gut so, denn mein Verfolger hätte mich erschossen, ehe ich auch nur die Pistole hätte ziehen können. Nachdem die Brücke hochgezogen war, fühlte ich mich sicherer. Abends ging ich wie immer durch alle Räume. Als ich das Arbeitszimmer betrat, witterte ich sofort Gefahr. Im nächsten Augenblick sah ich Füße unter dem Vorhang und wußte Bescheid.

Ich hatte nur die Kerze in der Hand, aber von der Halle fiel Licht durch die offene Tür. Ich stellte den Kerzenleuchter ab und nahm den Hammer vom Kaminsims. Der Mann sprang mich an, ich sah ein Messer aufblitzen und schlug mit dem Hammer zu. Das Messer fiel klirrend zu Boden. Er duckte sich unter den Tisch und hatte im nächsten Augenblick sein Gewehr aus dem Mantel geholt. Ehe er feuern konnte, hatte ich jedoch das Gewehr an den Läufen gepackt. Wir kämpften länger als eine Minute, aber er gab das Gewehr nicht frei. Vielleicht kam ich an den Abzug, vielleicht berührte er ihn, jedenfalls bekam er beide Ladungen ins Gesicht. Ich stand da und starrte auf das, was von Ted Baldwin übriggeblieben war. Ich bin Übles gewohnt, aber bei diesem Anblick wurde mir dunkel vor den Augen.

Während ich mich noch am Tisch festhielt, kam Barker hereingestürzt. Ich hörte auch meine Frau kommen, lief hinaus und hielt sie zurück. Es war kein Anblick für sie. Ich versprach, bald zu ihr zu kommen, sagte ein paar Worte zu Barker, der alles sofort begriff, und dann warteten wir, daß die anderen kämen. Aber es kam niemand! Da erkannten wir, daß wir keine Mitwisser hatten.
Ich betrachtete den Toten. Er hatte eine ganz ähnliche Figur wie ich, und sein Gesicht war ja zerstört. Wir entkleideten ihn und zogen ihm meinen Schlafanzug und meinen Morgenrock an. Seine Sachen schnürten wir zu einem Bündel zusammen. Ich beschwerte es mit dem einzigen Gewicht, das ich in der Eile finden konnte, mit der Hantel, und warf es aus dem Fenster. Die Karte, die auf meiner Leiche liegen sollte, legte ich neben die seine. Meine Ringe wurden an seine Finger gesteckt. Nur meinen Ehering, den ich noch nie abgelegt habe, konnte ich nicht vom Finger bekommen.
Dann holte ich ein Pflaster und klebte es dort auf, wo ich im Augenblick eins trage. Hier haben Sie etwas versäumt, Mr. Holmes: Hätten Sie das Pflaster an der Leiche entfernt, Sie hätten keine Verletzung darunter gefunden. Ich hatte vor, mich einige Zeit zu verstekken und mir dann weit fort von hier ein neues Heim zu suchen und meine Frau nachkommen zu lassen. Dann hätten wir endlich Ruhe gehabt. Wenn durch die Zeitungen bekannt geworden wäre, daß Baldwin mich erwischt hatte, hätten meine Schwierigkeiten ein Ende gehabt. Ich hatte keine Zeit, um Barker und meiner Frau alles zu erklären. Sie verstanden genug, um mir sofort zu helfen. Das ist die Wahrheit, so wahr mir Gott helfe. Droht mir nach englischem Gesetz eine Strafe?«
»Das englische Gesetz ist gerecht«, sagte Holmes. »Ihre ungewöhnliche Situation wird ganz gewiß berücksichtigt werden. Aber eine Frage habe ich noch: Woher wußte der Mann, daß Sie in diesem Haus leben, wie er hineingelangen und wo er sich verstecken konnte?«
»Das weiß ich nicht.«
Holmes' Gesicht wurde sehr blaß und ernst.
»Die Sache ist noch nicht zu Ende, fürchte ich«, sagte er dann. »Ih-

nen drohen größere Gefahren als die Verfolgung durch Ihre amerikanischen Feinde, Mr. Douglas. Folgen Sie meinem Rat und seien Sie weiterhin auf der Hut!«

Und nun muß ich zwanzig Jahre zurückgreifen und den Leser in ein anderes Land führen, und es wird lange dauern, bis wir in die Gegenwart zurückkehren.

Ein Mann kommt an

Man schrieb den 4. Februar 1875. Der Winter war streng gewesen, und der Schnee lag noch tief in den Schluchten der Gilmerton Mountains. Die Schienen der Bahnlinie hatte der Schneepflug jedoch freigehalten, und so schnaufte der Abendzug die Steigungen hinauf. Er verband die Bergarbeitersiedlungen miteinander, die an der Strecke zwischen Stagville in der Ebene und Vermissa am Eingang des Vermissa Valley lagen. Die eingleisige Strecke hatte viele Ausweichstellen, auf denen zahlreiche mit Eisenerz und Kohle beladene Waggons anzeigten, wodurch Geschäftigkeit und Leben in diese abgelegene Gegend gekommen waren.

Die Lampen im Passagierwagen waren gerade angegangen. Sie beleuchteten die geschwärzten Gesichter eines Dutzends Bergleute, die zusammen mit einigen Arbeiterfrauen und zwei Polizisten in dem langen, häßlichen Wagen saßen. Die Männer unterhielten sich leise, Zigaretten in den Händen, und sahen hin und wieder zu den beiden Polizisten hinüber.

In einer Ecke für sich saß ein Mann von knapp dreißig Jahren, der sich von den anderen Fahrgästen durch sein frisches Aussehen abhob. Mit großen, grauen Augen betrachtete er durch seine Brille hindurch interessiert die Mitreisenden. Ab und zu warf er einen Blick aus dem Fenster.

Die vorbeiziehende Landschaft hatte nichts Erheiterndes: Hochöfen, Fördertürme, dazwischen ärmliche Holzhäuser, an den Haltepunkten Gruppen geschwärzter, abgearbeiteter Bergleute. In den Tälern von Vermissa wurde nicht Urlaub gemacht, sondern schwerste Arbeit geleistet.

Der Versuch des jungen Mannes, mit einem der Bergleute eine Unterhaltung zu beginnen, war gescheitert. Er schaute wieder aus dem

Fenster, und man merkte ihm an, wie neu der Anblick für ihn war. Auf dem Rand eines dicken Briefes machte er sich hin und wieder Notizen. Einmal zog er einen Gegenstand aus seiner Tasche, den man bei ihm nicht vermutet hätte. Es war ein schwerer Revolver. Die blanken Messingränder der Patronen in der Trommel zeigten, daß er geladen war. Er steckte ihn rasch wieder ein.

Ein Arbeiter hatte ihn beobachtet. »Hallo!« sagte er. »Sie scheinen ja auf alles vorbereitet zu sein.«

Der junge Mann lächelte verlegen. »Ja«, sagte er, »wir brauchen so etwas manchmal in der Gegend, aus der ich komme.«

»Woher kommen Sie denn?«

»Aus Chikago.«

»Sie werden ihn hier auch brauchen«, meinte der Arbeiter. »Haben Sie noch nicht gehört, was hier vor sich geht?«

»Eigentlich nicht.«

»Na, Sie werden schon noch davon hören! Was hat Sie denn hierher getrieben?«

»Man hat mir gesagt, daß es hier genug Arbeit für alle gibt, die arbeiten wollen.«

»Sind Sie in der Gewerkschaft?«

»Aber sicher!«

»Dann bekommen Sie einen Job. Haben Sie Freunde in dieser Gegend?«

»Noch nicht, aber ich weiß, wie sich welche finden lassen.«

»Wie denn?«

»Ich bin Freimaurer. Es gibt keine Stadt, in der nicht eine Loge ist. Dort finde ich jederzeit Freunde.«

Diese Bemerkung löste bei seinem Gesprächspartner eine merkwürdige Reaktion aus. Er stand auf, setzte sich dicht neben den jungen Mann und streckte seine Hand aus.

Ein Händedruck wurde gewechselt.

»Ich sehe, du sagst die Wahrheit«, sagte der Arbeiter, »aber es ist besser, sich zu vergewissern.«

Er hob seine rechte Hand an seine rechte Augenbraue, worauf der Reisende die linke Hand an seine linke Braue hob.

»Dunkle Nächte sind schlimm«, sagte der Arbeiter.
»Ja, für Fremde auf Reisen«, antwortete der andere.
»Das genügt. Ich bin Bruder Scanlan, Loge 341, Vermissa Valley. Ich freue mich, daß du hier bist.«
»Danke. Ich bin Bruder Jack McMurdo, Loge 29, Chikago, Meister vom Stuhl J. H. Scott. Ich habe Glück, daß ich so schnell einen Bruder treffe.«
»Nun, hier gibt es viele von uns, gerade hier«, erwiderte der Arbeiter und setzte hinzu: »Ich verstehe nicht, daß ein kräftiger Mann aus der Gewerkschaft in Chikago keine Arbeit findet.«
»Arbeit gab es genug«, sagte McMurdo.
»Warum bist du dann fortgegangen?«
McMurdo wandte den Kopf in Richtung der Polizisten. »Die beiden da drüben wüßten es auch gerne.«
»Eine Strafsache?«
»Eine große sogar.«
»Mord vielleicht?«
»Es ist zu früh, von solchen Sachen zu reden«, sagte McMurdo mit einem Gesicht, als bereue er, schon zuviel gesagt zu haben.
»Reg' dich nicht auf!« besänftigte Scanlan ihn. »Die Brüder werden nicht schlecht von dir denken. Wohin fährst du jetzt?«
»Nach Vermissa.«
»Wo wirst du wohnen?«
McMurdo holte einen Umschlag aus der Tasche und hielt ihn so nah wie möglich an das schwache Licht der Lampe. »Hier ist die Adresse – Jacob Shafter, Sheridan Street – eine Pension, die ich in Chikago empfohlen bekam.«
»Ich kenne sie nicht. Meine Haltestelle kommt gleich. Aber ich will dir noch schnell einen Rat geben: Wenn du in Vermissa Schwierigkeiten hast, wende dich gleich an McGinty im Union House! Er ist Meister vom Stuhl der Loge in Vermissa, und dort geschieht nichts, was er nicht will. Vielleicht treffen wir uns eines Abends in der Loge. Mach's gut, Bruder!«
Scanlan stieg aus. Es war jetzt Nacht, und aus den Hochöfen loderten die Flammen in die Dunkelheit.

»So stelle ich mir die Hölle vor«, sagte eine Stimme.
McMurdo wandte sich um und sah, daß einer der Polizisten ans Fenster getreten war.
»So ähnlich muß es da wohl sein«, stimmte der andere Polizist zu. »Und wenn es dort unten schlimmere Teufel gibt als hier oben, dann wäre das härter als erwartet.«
Er wandte sich an den jungen Mann. »Sie sind fremd in dieser Gegend?«
»Und wenn ich's bin?« antwortete McMurdo mürrisch.
»Ich möchte Ihnen nur einen Rat geben: Wählen Sie Ihre Freunde mit Vorsicht! Mit Mike Scanlan und seinen Genossen würde ich mich nicht einlassen.«
»Was, zum Donnerwetter, gehen Sie meine Freunde an?« rief McMurdo mit einer Stimme, die den ganzen Wagen aufhorchen ließ.
Die beiden Beamten – schwere, gutmütige Männer – waren verblüfft darüber, was der freundliche Ratschlag angerichtet hatte.
»Regen Sie sich doch nicht auf!« sagte der eine. »Ich habe es ja nur gut mit Ihnen gemeint. Sie sind doch fremd hier!«
»Ich bin fremd hier, aber ihr und andere eurer Art sind mir nicht fremd!« schrie McMurdo wütend.
»Kann sein, daß wir uns bald besser kennenlernen«, meinte einer der Polizisten grinsend.
»Vor euch habe ich keine Angst!« rief McMurdo. »Ich heiße Jack McMurdo, und ihr könnt mich bei Jacob Shafter in der Sheridan Street in Vermissa finden. Mit euch nehme ich es auf!«
Ein Murmeln der Sympathie und der Bewunderung für das furchtlose Verhalten des Fremden erhob sich unter den Bergleuten.
Ein paar Minuten später lief der Zug in den schlechtbeleuchteten Bahnhof ein. Vermissa war der größte Ort an der Strecke. Der Wagen leerte sich schnell.
Einer der Bergleute sprach McMurdo beim Aussteigen an. »Sie wissen, wie man mit denen sprechen muß«, sagte er ehrfurchtsvoll. »Es war großartig! Ich trage Ihnen den Koffer und zeige Ihnen Shafters Pension.«

Alle Bergleute, an denen sie auf dem Bahnsteig vorbeigingen, wünschten ihm freundlich »Guten Abend«. Noch bevor er die Stadt betreten hatte, war McMurdo als aufsässig bekannt.
Die Stadt wirkte elend und häßlich. Ein schmutziger Brei aus Lehm und Schnee bedeckte die Hauptstraße. Die Bürgersteige waren schmal und holperig, Gaslampen beleuchteten eine lange Reihe schäbiger Holzhäuser. Als sie sich der Stadtmitte näherten, wurde das Straßenbild durch einige hell erleuchtete Läden etwas freundlicher. Bars und Spielhöllen verlockten die Bergarbeiter dazu, ihren schwer verdienten Lohn auszugeben.
»Das ist das Union House«, sagte McMurdos Führer und zeigte auf eine Bar, die wie ein Hotel aussah. »Jack McGinty ist der Besitzer.«
»Was ist das für ein Mann?« fragte McMurdo.
»Haben Sie nie von ihm gehört? Seine Affären gingen doch durch alle Zeitungen! Und seine Affären sind die Affären der Scowrers.«
»Ach ja, jetzt erinnere ich mich. In Chikago habe ich etwas darüber gelesen. Das ist eine Mörderbande, nicht wahr?«
Der andere blieb vor Schreck stehen und starrte seinen Gefährten entsetzt an. »Mann! Seien Sie still! Sie werden nicht lange leben, wenn Sie so etwas auf offener Straße sagen!«
»Ich weiß doch gar nichts von ihnen, nur was ich gelesen habe.«
»Und ich sage nicht, daß Sie nicht die Wahrheit gelesen haben.« Der Mann sah nervös um sich, ehe er fortfuhr: »Wenn Töten Mord ist, dann hat es nicht zu knapp Morde gegeben. Aber wagen Sie nicht den Namen von McGinty damit in Verbindung zu bringen! Alles wird ihm zugetragen, und nichts nimmt er stillschweigend hin. – Hier ist das Haus, das Sie suchen. Der alte Shafter ist übrigens einer der ehrlichsten Leute der Stadt.«
»Ich danke Ihnen«, sagte McMurdo und reichte seinem neuen Bekannten die Hand. Dann nahm er seinen Koffer und ging zu der etwas von der Straße zurückliegenden Pension. Er klopfte an. Sofort wurde die Tür von einer Frau geöffnet. Sie war jung und auffallend schön; ihre hellblonden Haare ließen auf schwedische Herkunft schließen. McMurdo sah sie hingerissen an. Endlich brach sie das Schweigen.

»Ich dachte, es wäre Vater«, sagte sie mit leicht skandinavischem Akzent. »Wollen Sie zu ihm? Er ist in der Stadt, muß aber gleich zurückkommen.«

»Nein«, sagte er und schaute sie dabei noch immer mit offener Bewunderung an. »Ihr Haus ist mir als Pension empfohlen worden, und ich weiß schon jetzt, daß es mir hier sehr gut gefallen wird.«

Sie lachte. »Ich bin Ettie Shafter, Mr. Shafters Tochter. Meine Mutter ist tot, deshalb versorge ich das Haus. Sie können im vorderen Zimmer am Ofen warten, bis Vater kommt. Ah, da ist er! Jetzt können Sie alles Nötige mit ihm besprechen.«

Ein behäbiger älterer Mann näherte sich auf dem Kiesweg, der zum Haus führte. McMurdo nannte ihm sein Anliegen. Der alte Shafter war einverstanden und der Fremde mit den Bedingungen zufrieden. Für zwölf Dollar in der Woche erhielt er Unterkunft und Verpflegung. Der erste Schritt zu einer langen Kette dunkler Ereignisse war getan.

Der Meister vom Stuhl

McMurdo war ein Mann, den man bald überall kannte. Innerhalb einer Woche wurde er in Shafters Pension die wichtigste Persönlichkeit. Die zwölf Gäste dort waren solide Handwerker und Büroangestellte und von einem ganz anderen Schlag als der junge Ire. Wenn sie abends zusammensaßen, sah McMurdo als der geborene Gesellschafter sich stets im Mittelpunkt und versetzte alle in gute Stimmung.

Und doch zeigte er immer wieder Neigung zu raschem Zorn. Für das Gesetz und alles, was damit zusammenhing, hatte er nur bitterste Verachtung übrig.

Der Tochter des Hauses, Ettie, zeigte er von Anfang an, daß sie sein Herz gewonnen hatte. Bereits am zweiten Tag gestand er ihr, daß er sie liebe, und ließ sich durch nichts entmutigen, dieses Geständnis regelmäßig zu wiederholen. Er erzählte Ettie von seiner irischen Heimat, von den lieblichen Tälern und Hügeln dort, die so viel schöner waren als dieses Gebirgstal in Schmutz und Schnee. Er sprach auch von seinem Leben in den Städten des Nordens, in Detroit, in Buffalo, in Chikago. Und er deutete eine Liebesgeschichte und seltsame Dinge an, die er dort erlebt hatte. Er redete geheimnisvoll von einem plötzlichen Aufbruch und einer Flucht, die in diesem Tal endete. Ettie hörte ihm zu, und in ihren dunklen Augen schimmerten Mitleid und Sympathie – zwei Gefühle, die sich schnell und ganz natürlich in Liebe verwandeln können.

McMurdo hatte vorläufig Arbeit als Buchhalter gefunden. Er war den größten Teil des Tages beschäftigt und hatte noch keine Gelegenheit gehabt, sich dem Meister vom Stuhl vorzustellen. Durch Mike Scanlan, den er am Tag seiner Ankunft im Zug getroffen hatte, wurde er eines Abends daran erinnert.

Scanlan besuchte ihn in der Pension und fragte sofort: »Sag mal, McMurdo, warum hast du dich noch nicht beim Meister vom Stuhl gemeldet?«

»Ich mußte Arbeit suchen und hatte zu tun.«

»Er ist wichtiger. Vor allem für ihn mußt du Zeit haben! Du mußt verrückt sein, daß du dich nicht gleich am Morgen nach deiner Ankunft bei ihm vorgestellt hast! Wenn du ihm unangenehm auffällst...!«

McMurdo war überrascht. »Ich bin seit mehr als zwei Jahren Mitglied einer Loge, Scanlan, aber ich habe nie gehört, daß diese Angelegenheiten so eilig wären.«

»Vielleicht nicht in Chikago!«

»Aber es ist dieselbe Bruderschaft hier!«

»Ist es wirklich dieselbe?« Scanlan sah ihn lange an, und es lag etwas Drohendes in seinem Blick.

»Etwa nicht?« fragte McMurdo zurück.

»Das wirst du in einem Monat wissen. Übrigens, ich habe gehört, daß du eine Auseinandersetzung mit den Polizisten hattest, nachdem ich den Zug verließ.«

»Woher weißt du das?«

»Es wurde darüber gesprochen. Man spricht hier über vieles.«

»Ich habe den Hunden gesagt, was ich von ihnen halte.«

»Dann bist du ein Mann nach McGintys Herzen!«

»Haßt er die Polizei auch?«

Scanlan brach in Lachen aus.

»Geh hin und sprich mit ihm!« sagte er und stand auf. »Wenn du nicht zu ihm kommst, wird er *dich* hassen, nicht die Polizei. Nimm den Rat eines Freundes an und geh sofort!«

Zufällig hatte McMurdo an diesem Abend noch eine weitere Unterredung, die ihm den Gang zum Union House wichtig erscheinen ließ. Der schwedische Pensionswirt nämlich bat den jungen Mann in sein Privatzimmer. Dort kam er sofort auf seine Tochter zu sprechen.

»Sie haben, wie es scheint, ein Auge auf meine Tochter geworfen«, sagte Shafter. »Oder irre ich mich?«

»Es stimmt«, antwortete der junge Mann.
»Nun, dann möchte ich Ihnen sagen, daß Ihnen jemand zuvorgekommen ist.«
»Das hat sie mir bereits gesagt.«
»Hat sie denn auch gesagt, wer es ist?«
»Nein. Ich habe sie gefragt, aber sie hat es mir nicht gesagt.«
»Das habe ich erwartet. Vermutlich wollte sie Ihnen keine Angst einjagen.«
»Angst!« brauste McMurdo auf.
»Sie brauchen sich nicht zu schämen, Angst vor ihm zu haben. Es ist Teddy Baldwin.«
»Und wer, zum Teufel, ist Teddy Baldwin?«
»Er ist ein Boß der Scowrers.«
»Die Scowrers! Ich habe schon von ihnen gehört. Scowrers hier und Scowrers da, und immer wird nur von ihnen geflüstert! Wer sind die Scowrers?«
Der alte Mann senkte unwillkürlich die Stimme, wie alle, die von dieser schrecklichen Gesellschaft sprachen. »Die Scowrers«, sagte er, »das ist eine Bruderschaft der Freimaurer.«
Der junge Mann erschrak. »Ich gehöre auch den Freimaurern an.«
»Sie? Nie hätte ich Sie in meinem Haus aufgenommen, wenn ich das gewußt hätte!«
»Warum nicht? Die Bruderschaft strebt nach der Verbrüderung der Menschen und ist wohltätig. Das schreiben die Bestimmungen vor!«
»Überall sonst, aber nicht hier.«
»Und was ist hier anders?«
»Eine Mördergesellschaft ist das hier, genau das!«
McMurdo lachte ungläubig. »Haben Sie Beweise dafür?«
»Beweise? Sind fünfzig Morde nicht genug Beweise? Gibt es auch nur einen Menschen in diesem Tal, der das nicht weiß?«
»Hören Sie«, sagte McMurdo ernst. »Ich bin fremd in dieser Stadt. Die Bruderschaft, der ich angehöre, ist überall in den Vereinigten Staaten verbreitet, und überall hat sie einen guten Ruf. Und nun kommen Sie daher und behaupten, der hiesige Zweig, die Scowrers,

sei eine Mörderbande! Entweder Sie nehmen das zurück, oder Sie erklären mir auf der Stelle, was es damit auf sich hat.«

»Ich kann Ihnen nur sagen, was alle wissen. Die Anführer der einen sind die Anführer der anderen. Wenn Sie der einen Seite verhaßt werden, bringt die andere Seite Sie um.«

»Das ist Gerede! Ich will Beweise!« sagte McMurdo.

»Sie werden schon bald Beweise erhalten. Aber ich vergesse, daß Sie ja selbst einer von denen sind. Suchen Sie sich eine andere Unterkunft! Ist es nicht schon schlimm genug, daß einer dieser Leute meiner Tochter den Hof macht und ich nicht wage, ihn zurückzuweisen? Sie werden heute nacht nicht mehr hier schlafen!«

So hatte McMurdo seine Unterkunft verloren und auch die Nähe des Mädchens, das er liebte. Er fand Ettie allein im Wohnzimmer.

»Ihr Vater hat mir gekündigt«, sagte er. »Um das Zimmer, das ich verliere, geht es mir nicht. Aber um Sie, Ettie! Wenn ich Sie auch erst seit einer Woche kenne – ohne Sie kann ich nicht mehr leben.«

»Ich habe Ihnen doch gesagt, daß Sie zu spät kommen!« entgegnete das Mädchen. »Es gibt einen anderen, auch wenn ich nicht versprochen habe, ihn sofort zu heiraten.«

»Wenn ich nun der erste gewesen wäre, Ettie, hätte ich dann eine Chance gehabt?«

Das Mädchen schlug die Hände vor das Gesicht und schluchzte: »Wären Sie nur der erste gewesen!«

»Ettie!« rief er bewegt. »Willst du dein und mein Leben wegen des anderen zerstören?«

Er hatte Etties Hände mit seinen starken Händen ergriffen. »Sag, daß du mein sein willst, und wir werden allem entgegentreten!«

»Hier?«

»Ja, hier!«

»Nein, Jack, hier geht es nicht. Du mußt mich fortbringen!«

McMurdos Gesicht ließ Nachgiebigkeit erkennen, doch dann wurde es hart.

»Hier«, sagte er, »hier werde ich dich gegen die ganze Welt verteidigen.«

»Warum können wir nicht zusammen fortgehen?«

»Ich kann mir selbst nie wieder ins Gesicht sehen, wenn ich das Gefühl habe, geflohen zu sein. Wir sind in einem freien Land: Wovor sollten wir uns fürchten? Wenn du mich liebst und ich dich liebe – wer kann es wagen, zwischen uns zu treten?«

»Du kennst diesen Baldwin nicht! Du kennst McGinty und seine Scowrers nicht!«

»Nein, ich kenne sie nicht, und ich fürchte sie nicht«, erwiderte McMurdo. »Dein Vater sagte, diese Männer hätten ein Verbrechen nach dem anderen begangen, und jeder hier im Tal wisse es. Wie kommt es dann, daß keiner von ihnen vor Gericht stand?«

»Weil niemand als Zeuge gegen sie aufzutreten wagt! Keiner würde das überleben. Du mußt doch davon gelesen haben, Jack! Ich dachte, daß jede Zeitung der Vereinigten Staaten darüber berichtet hat.«

»Doch, ich habe davon gelesen, aber ich glaubte, es sei nicht wahr. Vielleicht haben diese Männer Gründe für das, was sie tun. Vielleicht geschieht ihnen Unrecht, und sie können sich nur auf diese Weise helfen?«

»O Jack, das sagt er auch – der andere!«

»Baldwin?«

»Ja, und deshalb verabscheue ich ihn! Jetzt kann ich dir die Wahrheit sagen: Ich verabscheue ihn, aber ich fürchte mich vor ihm! Besonders um meinen Vater ängstige ich mich. Wenn wir fliehen und Vater mitnehmen, können wir der Macht dieser Verbrecher für immer entgehen!«

Wieder spiegelte sich ein Zögern auf McMurdos Zügen, jedoch nur für einen Augenblick. »Dir wird nichts geschehen, Ettie«, sagte er dann, »und deinem Vater auch nicht. Außerdem wirst du bald merken, daß ich nicht zu dieser Art Menschen gehöre. Wie wenig kennst du mich!« McMurdo lachte bitter. »Du weißt ja nicht, was in mir vorgeht! – Wer kommt denn da?«

Die Tür war aufgegangen, und ein junger Mann trat herein, als wäre er der Herr des Hauses. Er war etwa im gleichen Alter wie McMurdo und hatte auch die gleiche Figur.

Erschrocken sprang Ettie auf.

»Sie kommen früher als erwartet, Mr. Baldwin. Bitte setzen Sie sich!«

Baldwin stützte die Hände in die Hüften und sah McMurdo an.
»Wer ist das?« fragte er kurz.
»Ein neuer Hausgast. Mr. McMurdo, darf ich Sie Mr. Baldwin vorstellen?«
Die jungen Männer nickten sich nicht eben freundlich zu.
»Miß Ettie hat Ihnen wohl gesagt, wie es mit uns steht?« fragte Baldwin.
»Nicht daß ich wüßte.«
»Nicht? Nun, dann wissen Sie es jetzt: Die junge Dame gehört mir. Wie wäre es mit einem Spaziergang bei diesem schönen Wetter?«
»Dazu habe ich keine Lust.«
Mit vor Zorn funkelnden Augen sagte Baldwin: »Vielleicht haben Sie Lust zu einem Kampf?«
»Allerdings!« rief McMurdo und sprang auf.
»Jack!« rief Ettie verzweifelt. »O Jack, er wird dir etwas antun!«
»Jack?« stieß Baldwin wütend hervor. »So weit seid ihr also schon?«
»Möchten Sie mit mir auf die Straße gehen?« fragte McMurdo ruhig. »Hinter dem nächsten Block ist ein freier Platz.«
»Mit Ihnen rechne ich ab, ohne mir die Hände schmutzig zu machen«, sagte Baldwin.
»Und warum nicht jetzt?«
»*Ich* wähle die Zeit des Kampfes, Mister. Sehen Sie her!« Er rollte einen Ärmel hoch und zeigte auf seinem Unterarm ein eigentümliches, offenbar in die Haut eingebranntes Zeichen. Es war ein Kreis mit einem Dreieck darin. »Wissen Sie, was das bedeutet?«
»Ich weiß es nicht und will es nicht wissen.«
»Sie werden es kennenlernen, das verspreche ich Ihnen! Vielleicht erzählt Ihnen Miß Ettie etwas darüber. Und du, Ettie, wirst auf den Knien zu mir zurückkehren! Dann werde ich dir sagen, welche Strafe du zu erwarten hast. Ihr habt gesät, und ich werde dafür sorgen, daß ihr erntet!«
Er starrte sie wütend an. Dann drehte er sich um, und einen Augenblick später schlug die Haustür hinter ihm zu.
»O Jack, du mußt fliehen!« rief Ettie und schlang die Arme um

McMurdo. »Noch heute nacht! Das ist die einzige Chance. Er will dir ans Leben. Gegen ein Dutzend von ihnen und gegen McGinty mit der Macht der Loge dahinter kommst du nicht an!«
McMurdo machte sich aus ihren Armen frei und küßte sie. »Hab' keine Angst, Liebling! Ich bin selber Freimaurer. Ich habe es deinem Vater eben gesagt. Vielleicht haßt du mich jetzt auch.«
»Dich hassen, Jack? Nie im Leben! Ich habe gehört, daß Freimaurer sonst überall auf der Welt anständige Menschen sind. Warum also sollte ich schlecht von dir denken? Aber wenn du Freimaurer bist, warum gehst du nicht zu McGinty und bietest ihm Freundschaft an? Beeil dich, Jack! Sei als erster da!«
»Genau das habe ich gerade gedacht«, sagte McMurdo. »Ich gehe sofort. Sag deinem Vater, daß ich heute nacht noch einmal hier schlafen werde! Morgen früh suche ich mir dann ein anderes Quartier.«
McGintys Bar war überfüllt wie immer. Der Besitzer gab sich freundlich und zuvorkommend. Trotzdem hatte die ganze Stadt, ja die ganze Umgebung, Angst vor ihm. Auch das trug dazu bei, die Bar zu füllen, denn niemand konnte es sich leisten, sich sein Wohlwollen zu verscherzen.
Außer seiner heimlichen Macht hatte McGinty auch öffentliche Machtposten als Stadtrat und Beauftragter für den Straßenbau inne. In diese Ämter hatten ihn die Gauner der Stadt gewählt, weil sie von ihm Unterstützung und Belohnung erwarteten. Die Steuern waren unmäßig hoch, die Straßenarbeiten wurden unbeschreiblich vernachlässigt und die Abrechnungen von bestochenen Revisoren geprüft. Die anständigen Bürger wurden öffentlich erpreßt, waren aber gezwungen zu schweigen.
So ging es schon seit Jahren, und McGintys Brillantnadeln wurden immer prächtiger, die Goldketten auf seinem Bauch immer schwerer und seine Bar immer größer, bis sie schließlich die ganze Seite des Marktplatzes einnahm.
McMurdo stieß die Pendeltür der Bar auf und drängte sich durch die Menge. Am äußersten Ende des Raumes lehnte, eine dicke Zigarre im Mund, ein großer, schwerer Mann. Es war der berüchtigte

McGinty selbst, ein schwarzhaariger Riese, dessen Bart bis an die Backenknochen hinaufreichte. Auf den ersten Blick glaubte man, einen aufrichtigen, ehrlichen Mann mit dem Herzen auf dem rechten Fleck vor sich zu haben, so derb er auch sein mochte. Seine schwarzen Augen jedoch und sein finsterer Blick wirkten erschrekkend und ließen einen Abgrund von Skrupellosigkeit und Tücke ahnen.

Die kühnen grauen Augen des jungen Fremden begegneten durch die Brillengläser hindurch ohne Furcht diesem stumpfen schwarzen Blick.

»Na, junger Mann, ich kann mich nicht an Sie erinnern.«

»Ich bin neu hier, Mr. McGinty.«

»Sie sind nicht so neu, daß Sie nicht einen Gentleman mit seinem Titel anreden könnten.«

»Es heißt ›Councillor McGinty‹, junger Mann«, sagte eine Stimme neben ihm.

»Entschuldigen Sie, Councillor! Ich bin hier noch fremd. Aber ich bekam den Rat, Sie aufzusuchen.«

»Nun, Sie haben mich aufgesucht. Wie gefalle ich Ihnen?«

»Noch ist es zu früh, um das zu sagen. Aber wenn Ihr Herz so groß ist wie Ihr Körper und Ihre Seele so gut wie Ihr Gesicht, dann könnte ich nichts Besseres verlangen.«

»Sie tragen wie alle Iren das Herz auf der Zunge«, erwiderte McGinty. Er war sich offenbar nicht sicher, ob er auf den vorlauten Ton eingehen oder lieber seine Würde wahren sollte. »Freundlicherweise sagt Ihnen also mein Äußeres zu?«

»Gewiß«, antwortete McMurdo.

»Und man hat Ihnen empfohlen, mich aufzusuchen?«

»Ja.«

»Wer hat Ihnen das empfohlen?«

»Mike Scanlan von der Loge 341 in Vermissa. Auf Ihr Wohl, Councillor, und auf bessere Bekanntschaft!«

McGinty zog die dichten schwarzen Augenbrauen in die Höhe. »Ach, so ist das«, sagte er. »Darüber muß ich etwas mehr wissen, Mister –«

»McMurdo.«
»Treten Sie näher, Mr. McMurdo! Wir trauen Fremden nicht so schnell, und wir glauben nicht alles, was man uns erzählt. Kommen Sie einen Augenblick mit mir ins Hinterzimmer.«
Sie betraten einen Raum voller Fässer. McGinty schloß sorgfältig die Tür. Er setzte sich auf ein Faß und musterte den Gast mit seinen beunruhigenden Augen. Ein paar Minuten saß er schweigend da. Plötzlich richtete er sich auf und zog einen Revolver.
»Das ist eine merkwürdige Begrüßung durch einen Meister vom Stuhl«, sagte McMurdo gelassen.
»Sie müssen sich als Bruder ausweisen«, forderte McGinty, »und gnade Ihnen Gott, wenn Sie es nicht können! Wo wurden Sie aufgenommen?«
»Loge 29, Chikago.«
»Wie heißt der Meister vom Stuhl?«
»James H. Scott.«
»Wie heißt der Meister der Großloge?«
»Bartholomew Wilson.«
»Hm! Was machen Sie hier?«
»Ich arbeite, genau wie Sie, aber mit weniger Verdienst.«
»Sie antworten schnell.«
»Das war schon immer meine Stärke.«
»Können Sie auch schnell handeln?«
»Alle, die mich kennen, wissen es.«
»Nun, das werden wir eher auf die Probe stellen, als Sie glauben. Haben Sie schon etwas über diese Loge hier gehört?«
»Daß es einen ganzen Mann erfordert, Bruder zu sein.«
»Richtig! Warum haben Sie Chikago verlassen?«
»Ich will hängen, wenn ich Ihnen das sage!«
»Warum?«
»Weil kein Bruder einen anderen belügen darf.«
»Dann ist die Wahrheit zu schlimm zum Erzählen! Sie können von mir als dem Meister vom Stuhl aber nicht erwarten, daß ich einen Mann in die Loge hineinlasse, dessen Vergangenheit ich nicht verantworten kann.«

McMurdo schien verwirrt. Dann nahm er einen abgegriffenen Zeitungsausschnitt aus der Tasche. »Sie verraten einen Bruder nicht?«
»Ich schlage Ihnen ins Gesicht, wenn Sie noch einmal so etwas sagen!« rief McGinty zornig.
»Ich habe gedankenlos gesprochen«, sagte McMurdo scheinbar eingeschüchtert. »Lesen Sie den Ausschnitt!«
McGinty überflog den Bericht über die Ermordung eines gewissen Jonas Pinto im »Lake Saloon« in Chikago Anfang des Jahres 1874.
»Ihre Arbeit?« fragte er, als er McMurdo den Zeitungsausschnitt zurückgab.
McMurdo nickte.
»Warum haben Sie ihn erschossen?«
»Ich stellte Dollars her, und dieser Mann half mir, das Zeug unter die Leute zu bringen. Dann sagte er, er wolle teilen. Vielleicht hat er geteilt. Ich habe mich nicht lange davon überzeugt, sondern ihn gleich umgelegt und mich ins Kohlegebiet abgesetzt.«
»Warum ins Kohlegebiet?«
»Weil ich in der Zeitung gelesen habe, daß sie hier nicht so genau in diesen Dingen sind.«
McGinty lachte. »Erst waren Sie Falschmünzer, dann Mörder, und jetzt kommen Sie hierher, weil Sie glauben, Sie seien willkommen?«
»So etwa«, antwortete McMurdo.
»Können Sie noch solche Dollars machen?«
McMurdo zog ein halbes Dutzend Geldstücke aus der Tasche. »Die sind nie durch die Münze in Washington gegangen«, erklärte er.
»Was Sie nicht sagen!« McGinty hielt sie mit seinen riesigen behaarten Händen ans Licht. »Ich kann keinen Unterschied erkennen!« Dann lächelte er McMurdo zu. »Ich glaube, du wirst einer unserer nützlichsten Brüder sein. Du scheinst gute Nerven zu haben. Nicht mal gezuckt hast du, als ich den Revolver zog.«
»Nicht ich war in Gefahr.«
»Wer denn?«
»Du selbst.« McMurdo zog eine Waffe aus der Seitentasche seiner Jacke. »Ich hatte die ganze Zeit den Finger am Abzug und wäre dir zuvorgekommen.«

McGinty lief rot an und brach in ein schallendes Gelächter aus. »Da schau her!« rief er. »So einen Kerl haben wir schon lange nicht gehabt! Die Loge wird stolz auf dich sein.« Er fuhr herum. »Was, zum Teufel, willst du? Kann man nicht mal fünf Minuten ungestört sein?«

Der Barmixer stand in der Tür. »Entschuldigen Sie«, sagte er verstört. »Draußen ist Mr. Baldwin. Er will Sie sofort sprechen.«

Die Ankündigung war unnötig, denn Baldwin war schon eingetreten, stieß den Mann hinaus und schloß hinter ihm die Tür.

»So«, knurrte er mit einem wütenden Blick auf McMurdo, »Sie waren zuerst hier, was? Ich muß über diesen Mann ein Wort mit dir sprechen, Councillor!«

»Er ist ein neuer Bruder«, sagte McGinty und stand auf. »Gib ihm die Hand und sei verträglich!«

»Niemals!« rief Baldwin wütend.

»Ich habe ihm einen Kampf vorgeschlagen, falls er denkt, daß ich ihm unrecht getan habe«, erläuterte McMurdo. »Nun überlasse ich es dir, Councillor, zwischen uns zu entscheiden, wie es dir als Meister vom Stuhl zusteht.«

»Worum geht es?«

»Um eine junge Dame. Sie ist frei und kann selber wählen.«

»Frei?« rief Baldwin.

»Zwischen zwei Brüdern der Loge kann sie frei wählen«, bestätigte McGinty.

»*So* willst du das regeln?«

»Ja, Ted Baldwin«, sagte McGinty mit einem tückischen Blick.

»Du läßt einen Mann im Stich, der dir fünf Jahre beigestanden hat, und das zugunsten eines Fremden? Du bist nicht für immer Meister vom Stuhl, Jack McGinty, und bei der nächsten Wahl –«

McGinty sprang ihn an wie ein Tiger. Seine Hände schlossen sich um Baldwins Hals. In seiner Wut hätte er ihn erwürgt, hätte sich McMurdo nicht dazwischengeworfen.

»Sachte, Councillor, sachte!« rief er, während er ihn zurückzog. McGinty ließ los, und Baldwin schnappte nach Luft, an allen Gliedern zitternd. Er hatte den Tod schon vor Augen gesehen.

»Du hast es nicht anders gewollt, Ted Baldwin!« rief McGinty keuchend. »Vielleicht denkst du, ich werde nicht wiedergewählt, und du kannst mein Nachfolger werden. Aber solange ich der Chef bin, dulde ich keinen Widerspruch!«
»Ich habe nichts gegen dich«, maulte Baldwin und befühlte seine Kehle.
»Nun«, rief McGinty und verfiel für einen Augenblick in ein gespieltes Wohlwollen, »dann sind wir alle wieder gute Freunde!«
Er nahm eine Flasche Champagner aus dem Regal, zog den Korken heraus und füllte drei hohe Gläser.
»Wir wollen den Versöhnungstoast der Loge ausbringen«, sagte er. »Ihr kennt beide diesen Brauch. Die Hand an der Kehle, frage ich dich, Ted Baldwin: Was ist das Ärgernis?«
»Die Wolken sind düster«, antwortete Baldwin.
»Aber sie werden sich für immer erhellen.«
»Das schwöre ich.«
Die Männer tranken, und dann wurde die Zeremonie zwischen Baldwin und McMurdo wiederholt.
McGinty rieb sich die Hände. »Damit ist der Streit aus der Welt. Wenn ihr nicht gehorcht, muß sich die Loge damit befassen.«
McMurdo hielt Baldwin die Hand hin. »Ich streite mich schnell, aber ich vergebe auch schnell. Das ist mein irisches Blut.«
Baldwin mußte die ausgestreckte Hand ergreifen, denn McGinty beobachtete ihn. Aber sein mürrisches Gesicht zeigte, wie wenig die Worte des anderen ihn berührt hatten. McGinty schlug ihnen beiden auf die Schulter.
»Ach, immer diese Mädchen!« rief er. »Als ob wir nicht auch so genug Sorgen hätten! Du wirst Mitglied der Loge 341, Bruder McMurdo. Wir haben hier unsere eigenen Methoden, andere als in Chikago. Unsere Arbeitslogen sind samstagabends. Wenn du kommst, wirst du als Freimaurer im Vermissa Valley aufgenommen.«

Loge 341, Vermissa

Am folgenden Tag fand McMurdo eine Unterkunft am Rande der Stadt bei der Witwe MacNamara, einer gemütlichen alten Irin. Scanlan, sein Begleiter aus dem Zug, siedelte wenig später nach Vermissa über und nahm dort ebenfalls ein Zimmer.

Der alte Shafter hatte inzwischen wenigstens insofern nachgegeben, daß er McMurdo wieder an den Mahlzeiten teilnehmen ließ. So waren die Beziehungen zu Ettie keineswegs unterbrochen. Im Gegenteil – sie wurden mit der Zeit immer enger.

In seiner neuen Unterkunft fühlte sich McMurdo so sicher, daß er seine Prägestempel herausholte. Unter dem Siegel der Verschwiegenheit durften einige Logenbrüder sie sich ansehen. Jeder von ihnen bekam beim Abschied ein paar Stücke Falschgeld geschenkt. Es war so hervorragend gemacht, daß es keine Gefahr bedeutete, diese Münzen abzusetzen.

Den Logenbrüdern war es unverständlich, warum McMurdo überhaupt arbeitete. Er erklärte jedoch jedem, der ihn fragte, daß ihm die Polizei schnell auf der Spur wäre, wenn er ohne erkennbares Einkommen lebte.

Nachdem er einmal eingeführt war, gab es selten einen Abend, an dem er sich nicht in McGintys Bar einfand. Dort schloß er nähere Bekanntschaft mit den »Jungs«, wie die Bandenmitglieder sich nannten. Sein frisches Wesen und seine furchtlose Sprache machten ihn beliebt, und die Art, wie er mit Widersachern fertigwurde, trug ihm Hochachtung ein. Noch höher in der Achtung ließ ihn ein anderer Vorfall steigen.

Eines Abends, als die Bar gerade am vollsten war, trat ein Mann in der blauen Uniform der »Coal and Iron Police« ein. Das war eine von den Eisenbahn- und Bergwerksbesitzern gegründete Gruppe,

die die reguläre Polizei unterstützen sollte. Schweigen breitete sich aus, als er eintrat.
»Einen Whisky pur, denn die Nacht ist kalt«, sagte der Polizist. »Ich glaube, wir kennen uns noch nicht, Councillor.«
»Sind Sie der neue Captain?« fragte McGinty.
»Genau. Wir hoffen, daß Sie, Councillor, uns helfen werden, die Ordnung aufrechtzuerhalten. Ich bin Captain Marwin von der ›Coal and Iron‹.«
»Ohne Sie kämen wir besser zurecht, Captain Marwin«, entgegnete McGinty kühl. »Wir haben unsere eigene Polizei in der Stadt. Sie sind doch nur das Werkzeug des Kapitals.«
»Darüber wollen wir nicht streiten«, meinte der Polizeioffizier ruhig. »Ich denke, wir tun alle unsere Pflicht.«
Er hatte sein Glas ausgetrunken. Als er sich zum Gehen wandte, fiel sein Blick auf McMurdo. »Hallo!« rief er und musterte ihn von oben bis unten. »Da ist ja ein alter Bekannter!«
McMurdo wich zurück.
»Ich war nie der Freund eines Polizisten.«
»Ein Bekannter ist nicht immer ein Freund«, erwiderte Marwin lächelnd. »Sie sind Jack McMurdo aus Chikago. Leugnen Sie es nicht!«
»Glauben Sie, ich schäme mich meines Namens?«
»Sie hätten allen Grund dazu!«
»Was zum Teufel, meinen Sie damit?« schrie McMurdo und ballte die Fäuste.
»Nun, ich war Polizeioffizier in Chikago, ehe ich in dieses verdammte Kohlenloch kam, und ich erkenne einen Gauner aus Chikago auf den ersten Blick.«
McMurdo wurde blaß.
»Sagen Sie, sind Sie Marwin vom Polizeipräsidium in Chikago?« rief er.
»Tja, der alte Teddy Marwin. Er steht zu Diensten! Wir haben Jonas Pinto noch nicht vergessen.«
»Ich habe ihn nicht umgebracht!«
»Ach nein? Sein Tod kam Ihnen aber doch sehr gelegen, oder nicht?

Na, lassen Sie uns die Sache begraben! Vielleicht überschreite ich meine Befugnisse, aber ich sage Ihnen trotzdem, daß Sie nach Chikago zurückkehren könnten. Wir haben keinerlei Beweise gegen Sie.«

»Ich fühle mich sehr wohl hier.«

»Wie Sie wollen«, sagte der Captain. »Vor mir haben Sie Ruhe, solange Sie ein anständiges Leben führen. Doch nun wünsche ich Ihnen eine gute Nacht!«

Marwin hatte aus McMurdo einen Helden gemacht. Über seine Taten im fernen Chikago war bereits geflüstert worden. Er hatte jedoch alle Fragen mit einem bescheidenen Lächeln abgewehrt. Jetzt aber war die Sache offiziell bestätigt.

An einem Samstagabend wurde McMurdo in die Loge eingeführt. Er hatte geglaubt, es würde ohne Zeremonien vor sich gehen, weil er schon in Chikago unter die Freimaurer aufgenommen worden war. Aber in Vermissa gab es besondere Riten.

Die Brüder trafen sich in einem großen Raum im Hause von McGinty. Etwa sechzig Männer kamen zusammen. Außer ihnen gab es natürlich noch mehr Mitglieder und andere Logen im Tal und diesseits und jenseits der Berge. Wenn sie etwas Wichtiges vorhatten, tauschten sie die Mitglieder untereinander aus. So wurde ein Verbrechen immer von Männern begangen, die fremd am Ort waren. Es gab nicht weniger als fünfhundert Mitglieder im Kohlegebiet.

In einem kahlen Raum versammelten sich die Männer um einen langen Tisch. Ein zweiter Tisch daneben war mit Flaschen und Gläsern beladen. McGinty saß am Kopfende, eine flache schwarze Samtkappe auf dem Kopf und eine purpurfarbene Stola um den Hals, so daß er aussah wie ein Priester, der ein teuflisches Ritual leitet. Rechts und links von ihm saßen die höheren Logenmitglieder, unter ihnen Ted Baldwin. Jeder von ihnen trug als Zeichen seines Amtes eine Schärpe oder eine Medaille an einer Kette. Die meisten Männer waren in fortgeschrittenem Alter; der Rest der Versammlung bestand aus jungen Burschen, die willig die Befehle der Logenbosse ausführten. Da sie völlig verdrehte Rechtsbegriffe hatten, erschien es ihnen ganz in Ordnung, sich für die Vernichtung von Menschenleben zur Verfügung zu stellen. Anfangs hatten sie ihre Untaten noch heimlich ausgeführt, aber inzwischen gingen sie bereits ganz offen vor. Das ständige Versagen der Polizei hatte in ihren Augen ja bewiesen, daß sie unangreifbar waren. Niemand wagte, als Zeuge gegen sie aufzutreten.

McMurdo war vor der Prüfung, die ihm bevorstand, gewarnt worden. Doch niemand hatte ihm sagen wollen, worin sie bestand. Er wurde von zwei Brüdern feierlich hinausgeführt. Durch die Bretterwand konnte er das Gemurmel vieler Stimmen vernehmen, aus dem er ein- oder zweimal seinen Namen heraushörte.

Dann kam der Zeremonienmeister mit der grüngoldenen Schärpe zu ihm heraus.

»Der Logenmeister befiehlt, ihn zu fesseln, ihm die Augen zu verbinden und ihn hereinzuführen.«

Die drei Männer zogen ihm die Jacke aus, streiften seinen rechten Hemdsärmel hoch und banden ihn oberhalb des Ellbogens am Oberarm fest. Dann stülpten sie ihm eine schwarze Kappe über, so daß er nichts sehen konnte. So wurde er in den Versammlungsraum geführt.

Er hörte das Flüstern der Männer um sich herum. Dann drang dumpf und wie von fern die Stimme McGintys an sein Ohr: »Jack McMurdo, bist du schon Mitglied bei den Freimaurern?«

McMurdo verneigte sich zustimmend.

»Du gehörst der Loge 29 in Chikago an?«

Er verneigte sich wieder.

»Dunkle Nächte sind schlimm«, hörte er McGinty sagen.

»Ja, für Fremde auf Reisen«, antwortete er.

»Die Wolken sind schwer.«

»Ja, es kommt ein Gewitter.«

»Sind die Brüder zufrieden?« fragte der Meister in die Runde.

Ein zustimmendes Gemurmel erhob sich.

Die Prüfung begann. Zwei harte Spitzen drückten sich auf McMurdos Augen. Dennoch mußte er vorwärtsgehen. Er tat es und bestand die Mutprobe. Dann fühlte er einen entsetzlichen Schmerz auf

seinem Unterarm. Nur mit Mühe konnte er einen Aufschrei unterdrücken.
»Ich kann noch mehr aushalten«, sagte er.
Es gab lauten Beifall. Niemand in der Loge hatte die Probe besser bestanden. Man zog ihm die Kappe vom Kopf, und er nahm, gegen das Licht blinzelnd, die Glückwünsche entgegen.
»Ein letztes Wort, Bruder McMurdo«, sagte McGinty. »Du hast bereits den Eid der Treue und der Geheimhaltung geschworen, und du weißt, daß die Strafe für jeden Verrat der Tod ist?«
»Ich weiß es«, antwortete McMurdo.
»Du unterwirfst dich unter allen Umständen dem Spruch des jeweiligen Meisters vom Stuhl?«
»Ich unterwerfe mich«, sagte McMurdo.
»Dann heiße ich dich im Namen der Loge 341 in Vermissa willkommen. Setz die Getränke auf den Tisch, Bruder Scanlan, und dann wollen wir auf das Wohl unseres neuen Bruders trinken!«
Man brachte McMurdo die Jacke. Bevor er sie anzog, betrachtete er seinen rechten Arm. Er schmerzte immer noch heftig. Auf dem Fleisch war der deutliche Abdruck eines Dreiecks in einem Kreis zu sehen, tief und rot, wie ihn das Brandeisen hinterlassen hatte. Einige seiner Nachbarn zeigten ihm ihr Logenzeichen, das sie ebenfalls auf dem rechten Arm trugen.
»Wir haben es alle bekommen, aber wir waren nicht so tapfer wie du«, sagte einer.
Als man genug getrunken hatte, wurde die Arbeitsloge fortgesetzt. Über das, was nun kam, staunte McMurdo. McGinty las einen Brief von Meister Windle von der Loge 249 aus Merton County vor: »Lieber Bruder, gegen Andrew Rae von Rae & Sturmash, den Kohlewerksbesitzer, muß etwas unternommen werden. Schicke zwei gute Leute. Schatzmeister Higgins wird ihnen zeigen, was sie zu tun haben. Du weißt, daß uns Deine Loge seit dem Herbst noch einen Gegendienst schuldig ist. Mit brüderlichem Gruß, Dein J. W. Windle.«
McGinty schaute sich mit seinen schwarzen, drohenden Augen um. »Wer meldet sich freiwillig?«

Einige der jungen Leute hoben die Hände.

»Du wirst die Sache erledigen, Tiger Cormac«, lächelte der Meister zustimmend. »Wenn du das so gut machst wie das letzte Mal, bin ich zufrieden. Und du, Wilson!«

»Ich habe aber keine Pistole«, sagte der Freiwillige.

Es war ein junger, noch nicht zwanzigjähriger Bursche.

»Es ist dein erster Auftrag, nicht wahr? Das ist ein großartiger Anfang, du wirst deine Pistole bekommen. Meldet euch am Montag! Wenn ihr zurückkommt, werden wir euch einen großen Empfang bereiten.«

»Gibt es diesmal eine Belohnung?« fragte Cormac, ein brutal aussehender Bursche.

»Ihr handelt um der Ehre willen!«

»Was hat der Mann getan?« fragte Wilson.

»Das geht uns nichts an. Er ist von denen drüben verurteilt worden, und wir führen ihren Spruch aus. Nächste Woche erledigen zwei Brüder von der Loge in Merton dann etwas für uns.«

McMurdo schien sich in dieser üblen Gesellschaft sehr wohl zu fühlen. Er erhob sich und sagte: »Ich würde es als Ehre auffassen, bald für eine Aufgabe bestimmt zu werden.«

Daraufhin gab es großen Beifall. Dem Archivar Harraway, einem graubärtigen Alten mit Geiernase, ging das zu schnell. »Ich bin dafür, daß Bruder McMurdo wartet, bis die Loge ihn von sich aus einsetzt.«

»Ich stehe zur Verfügung«, sagte McMurdo.

McGinty warf einen Blick auf das vor ihm liegende Papier. »Ich habe euch noch einiges zu sagen. Wir müssen an die Witwe Jim Carnaways Pension zahlen. Er ließ sein Leben im Dienst der Loge.«

»Jim wurde im vergangenen Monat erschossen, als sie versuchten, Chester Wilcox aus Marley Creek zu töten«, erklärte McMurdos Nachbar dem neuen Bruder.

Der Schatzmeister musterte einen Bankauszug. »Wir stehen ganz gut im Augenblick und können der Witwe etwas zukommen lassen. Max Linder & Co. haben gerade fünfhundert gezahlt, damit sie in Ruhe gelassen werden. Walker Brothers haben nur hundert ge-

schickt. Ich habe den Scheck zurückgegeben und fünfhundert verlangt.«
»Was ist eigentlich mit Archie Swindon?« fragte einer der Männer.
»Er hat verkauft und ist fortgezogen. Lieber wolle er in New York Straßenkehrer sein, als hier Bergwerksbesitzer.«
Jetzt erhob sich ein älterer, glattrasierter Mann am Tischende. »Bruder Schatzmeister«, sagte er, »darf ich fragen, wer den Besitz des Mannes erworben hat, den wir vertrieben haben?«
»Den hat die State-and-Merton-County-Eisenbahngesellschaft gekauft, Bruder Morris.«
»Und wer kaufte die Bergwerke von Todman und von Lee, die letzthin alle frei geworden sind?«
»Sie wurden alle von der West Gilmerton General Mining Company gekauft.«
»Warum sollen wir uns dafür interessieren, wer sie kauft, Bruder Morris? Sie können sie ja nicht mitnehmen!« warf McGinty ein.
»Ich glaube doch, daß es uns etwas angeht. Wir vertreiben allmählich die kleineren Unternehmer, und an ihre Stelle treten die großen Gesellschaften. Die kleinen Unternehmer konnten sich nicht gegen uns wehren. Dazu hatten sie weder das Geld noch die Macht. Solange wir sie nicht ganz ausquetschten, blieben sie in unserer Gewalt. Aber die großen Gesellschaften werden keine Mühe und keine Kosten scheuen, um uns vor Gericht zu bringen.«
Betroffenes Schweigen breitete sich aus. Für so allmächtig hatten sie sich gehalten, daß der Gedanke, ihre Taten könnten sich eines Tages rächen, bisher gar nicht aufgekommen war.
»Ich möchte vorschlagen«, fuhr der Sprecher fort, »auf die kleinen Unternehmer weniger Druck auszuüben. Wenn wir alle vertrieben haben, ist es mit unserer Macht zu Ende.«
Unangenehme Wahrheiten hört man nicht gern. Ärgerliche Ausrufe wurden laut.
McGinty erhob sich mit gerunzelter Stirn. »Bruder Morris, du bist schon immer ein Schwarzseher gewesen. Solange die Mitglieder der Loge zusammenhalten, kann ihnen keine Macht der Welt etwas anhaben. Auch für die großen Gesellschaften ist es bequemer zu zah-

len, als zu kämpfen.« McGinty nahm seine schwarze Samtkappe und seine Stola ab. »Die Loge hat ihre Arbeit beendet, jetzt singen wir.«

Da saßen diese Männer, denen Mord etwas Alltägliches war, und ließen sich vom eigenen sentimentalen Gesang zu Tränen rühren. Da McMurdo einen schönen Tenor hatte, wäre ihm die Wertschätzung der Logenbrüder spätestens jetzt zuteil geworden, wenn er sie nicht schon besessen hätte.

Die Whiskyflasche hatte schon oft die Runde gemacht, und die Männer waren erhitzt, als der Logenmeister sich noch einmal erhob.

»Jungs«, sagte er, »es gibt in der Stadt einen Mann, der zurechtgestutzt werden muß. Ich meine James Stanger vom ›Herald‹. Habt ihr mitbekommen, wie er wieder gegen uns kläfft?«

McGinty zog ein Stück Zeitung aus der Westentasche und entfaltete es.

»›Recht und Ordnung‹, das ist die Überschrift. ›Schreckensherrschaft im Kohle- und Eisengebiet. Zwölf Jahre sind seit den ersten Morden vergangen, die die Existenz einer Verbrecherbande bewiesen. Jetzt haben die Untaten einen neuen Höhepunkt erreicht. Wir sind zum Schandfleck der zivilisierten Welt geworden. Die Drahtzieher sind bekannt – wie lange sollen wir ihren Terror noch ertragen?‹ Ach, ich habe genug von diesem Unsinn vorgelesen!« rief McGinty und warf das Blatt auf den Tisch. »So schreibt er über uns! Was sollen wir mit ihm machen?«

»Töten!« grölte ein Dutzend Stimmen.

»Dagegen protestiere ich«, rief Bruder Morris. »Ich sage euch, daß unsere Hand zu schwer auf dem Tal liegt! Wir nähern uns einem Punkt, wo sich alle aus Notwehr gegen uns verbünden. James Stanger ist ein alter Mann und angesehen in der Stadt. Wenn wir diesen Mann niederknüppeln, wird das im ganzen Land Aufsehen erregen und mit unserer Vernichtung enden!«

»Und wie soll das vor sich gehen, Mr. Angsthase?« rief McGinty. »Mit Hilfe der Polizei? Die Hälfte davon haben wir bestochen, die andere Hälfte hat Angst vor uns!«

»Die Leute könnten sich zur Lynchjustiz durchringen, um über den Fall zu entscheiden«, sagte Bruder Morris.
Ein Aufschrei der Empörung war die Antwort auf seine Bemerkung.
»Ich brauche nur den Finger zu heben«, sagte McGinty, »und zweihundert Mann bringen diese Stadt von einem Ende bis zum anderen unter Kontrolle!«
Dann erhob er plötzlich die Stimme und zog zornig die Brauen zusammen: »Höre, Bruder Morris, ich beobachte dich schon lange. Du selbst hast keinen Mut und versuchst den anderen den Mut zu nehmen. Es wird ein schlechter Tag für dich sein, wenn dein Name auf unserer Liste steht. Ich glaube, es wird Zeit, ihn daraufzusetzen.«
Morris war totenblaß geworden und sank auf seinen Stuhl zurück. »Ich bin ein treuer Bruder, das wißt ihr alle – nur meine Furcht, daß es der Loge schlecht ergehen könnte, ließ mich so ängstlich sprechen. Aber ich traue deinem Urteilsvermögen mehr als meinem eigenen, verehrungswürdiger Meister, und verspreche, daß ich keinen Anlaß zum Tadel mehr geben werde.«
Die Stirn des Logenmeisters glättete sich, als er die unterwürfigen Worte hörte.
»Also gut, Bruder Morris. Ich würde es bedauern, wenn ich dir eine Lektion erteilen müßte.« Er sah sich im Kreise um und fuhr fort: »Nun, Jungs, wenn Stanger das bekäme, was er verdient, gäbe es mehr Aufsehen, als wir wünschen. Aber eine Warnung sollte er auf jeden Fall erhalten. Willst du dich darum kümmern, Bruder Baldwin?«
»Gewiß!« antwortete der junge Mann eifrig.
»Wie viele Helfer brauchst du?«
»Ein halbes Dutzend und zwei als Wache an der Tür. Du kommst mit, Gower, und du, Mansel, und du, Scanlan, und die beiden Willabys.«
»Ich habe dem neuen Bruder versprochen, daß er dabeisein darf«, sagte McGinty.
Ted Baldwin sah McMurdo mit einem Blick an, der zeigte, daß er

weder vergessen noch vergeben hatte. »Er kann mitkommen, wenn er will«, sagte er mürrisch.

Die Versammlung ging auseinander.

Es war eine bitterkalte Nacht. Der Mond stand am frostig klaren Himmel, als die Männer sich in einem Hof vor einem hohen Gebäude versammelten. Zwischen zwei hell erleuchteten Fensterreihen stand in goldenen Lettern der Name »Vermissa Herald«. Aus dem Innern des Gebäudes drang das Rasseln einer Druckerpresse.

»Du wachst hier unten an der Tür! Sorge dafür, daß uns der Rückzug offen bleibt«, sagte Baldwin zu McMurdo. »Arthur Willaby wird dir dabei helfen. Ihr anderen kommt mit! Keine Angst, wir haben ein Dutzend Zeugen, daß wir in diesem Augenblick in der Bar des Union House sind!«

Es war fast Mitternacht, und die Straße lag verlassen bis auf ein paar späte Heimkehrer. Die Männer stießen die Tür zum Zeitungsgebäude auf und eilten die Treppe hinauf. McMurdo blieb mit Willaby unten. Von oben hörten sie einen Ruf, einen Hilfeschrei und dann das Geräusch hastiger Schritte und fallender Stühle. Einen Augenblick später lief ein grauhaariger Mann auf den Treppenabsatz zu. Er wurde ergriffen, bevor er fliehen konnte. Seine Brille fiel McMurdo vor die Füße und zersplitterte. Er hörte einen dumpfen Fall und dann ein Stöhnen. Ein halbes Dutzend Stöcke schlugen auf den Körper des Mannes ein. Das Opfer wand sich am Boden, und seine Glieder zuckten unter den Schlägen. Als die anderen schließlich aufhörten, hieb Baldwin mit teuflischem Grinsen weiter auf den Kopf des Mannes ein, der sich vergeblich bemühte, sich mit den Armen zu schützen. Sein graues Haar färbte sich rot.

Da stürmte McMurdo die Treppe hinauf und stieß Baldwin zurück.

»Du tötest den Mann!« rief er. »Hör auf!«

Baldwin sah ihn erstaunt an.

»Verdammt!« schrie er dann. »Was mischst du dich ein – ausgerechnet du, der Neue! Weg da!« Er erhob seinen Stock, doch McMurdo hatte schon den Revolver gezogen.

»Ich schieße dich zusammen!« warnte er. »Der Befehl lautet, den Mann nicht zu töten, und was tust du?«

»Er hat recht«, bemerkte einer der Männer.
»Beeilt euch lieber«, rief eine Stimme von unten. »Die Fenster werden hell. In fünf Minuten ist die ganze Stadt hinter uns her!«
Die Logenbrüder ließen den bewegungslosen Redakteur liegen, eilten auf den Hof und hinaus auf die Straße. In der Bar angelangt, mischten sich einige unter die Gäste und flüsterten McGinty zu, daß sie den Auftrag ausgeführt hätten. Die anderen, unter ihnen McMurdo, verschwanden in den Seitenstraßen und gingen auf Umwegen nach Hause.

Das Tal der Angst

Als McMurdo am nächsten Morgen aufwachte, hatte er gute Gründe, sich an seine Aufnahme in die Loge zu erinnern: Sein Kopf schmerzte vom Alkohol, sein Arm war entzündet und geschwollen. Da er ja eine eigene, ganz besondere Einkommensquelle besaß, ging er nur unregelmäßig zur Arbeit. So blieb er auch heute zu Hause, frühstückte spät und schrieb einen langen Brief an einen Freund. Danach las er den »Vermissa Herald«. Eine Spalte, die offenbar in letzter Minute vor dem Druck gesetzt worden war, trug die Überschrift »Überfall auf unser Redaktionsbüro, Redakteur schwer verletzt«. Es folgte ein kurzer Bericht über den Vorfall, den er genauer kannte als der Verfasser. Der Artikel endete mit der Feststellung: »Die Sache ist jetzt in den Händen der Polizei. Einige Männer sind erkannt worden. Sie gehören dem Geheimbund an, der unsere Stadt seit langem tyrannisiert.« Weiter wurde erwähnt, daß eine Wache der Coal and Iron Police zum Schutze der Redaktion angefordert worden sei.

McMurdo hatte die Zeitung niedergelegt und zündete seine Pfeife an, als es an die Tür klopfte. Seine Wirtin gab ihm einen Brief, den ein Junge gebracht hatte. Das Schreiben, das keine Unterschrift trug, lautete: »Ich möchte mit Ihnen sprechen, aber möglichst nicht bei Ihnen zu Hause. Sie finden mich neben der Fahnenstange auf dem Miller Hill. Wenn Sie gleich jetzt dort hinkommen, habe ich Ihnen etwas Wichtiges zu sagen.«

McMurdo war von dieser Mitteilung überrascht und las sie ein zweites Mal. Nach einigem Zögern machte er sich schließlich auf den Weg.

Der Miller Hill war ein schlechtgepflegter Park inmitten der Stadt. Jetzt im Winter war es einsam dort. Von der Spitze des Hügels überblickte man die ganze schmutzige Stadt und einen großen Teil des gewundenen Tals mit den zahlreichen Bergwerken und Fabriken. McMurdo schritt den gewundenen Pfad hinauf, bis er das in dieser Jahreszeit verlassene Restaurant erreichte. Bei der Fahnenstange neben dem Lokal stand ein Mann, der den Hut in die Stirn gezogen und den Mantelkragen hochgeschlagen hatte. Als er den Kopf wandte, erkannte McMurdo Bruder Morris.

»Ich möchte gern mit Ihnen sprechen, Mr. McMurdo«, sagte der ältere Mann mit einem Zögern, das ein heikles Gespräch erwarten ließ. »Es ist sehr freundlich von Ihnen, daß Sie gekommen sind.«

»Warum haben Sie Ihren Namen nicht unter den Brief gesetzt?«

»Man muß vorsichtig sein. Man weiß nie, wem man trauen kann und wem nicht.«

»Auf die Brüder der Loge ist doch Verlaß?«

»Nein, nein, nicht immer«, erwiderte Morris heftig. »McGinty scheint alles zu erfahren.«

»Hören Sie«, sagte McMurdo ernst, »erst gestern abend habe ich unserem Logenmeister Treue geschworen. Wollen Sie, daß ich meinen Eid breche?«

»Es steht schlecht«, entgegnete Morris traurig, »wenn zwei freie Bürger einander nicht ihre Gedanken anvertrauen können.«

»Dann sprechen Sie bitte!«

»Und Sie geben dann an McGinty weiter, was ich sage«, fuhr Morris bitter fort.

»Jetzt tun Sie mir unrecht!« rief McMurdo. »Ich bin der Loge zwar treu ergeben, aber ich wäre eine armselige Kreatur, wenn ich Ihr Vertrauen mißbrauchte. Ich muß Ihnen jedoch sagen, daß Sie möglicherweise weder Hilfe noch Sympathie bei mir finden.«

»Ich habe es aufgegeben, darauf zu hoffen«, sagte Morris. »Vielleicht lege ich mit dem, was ich jetzt sage, mein Leben in Ihre Hand. Doch zunächst: Ist Ihnen, als Sie in Chikago Freimaurer wurden und Treue gelobten, in den Sinn gekommen, daß dies zu Verbrechen führen könnte?«

»Wenn Sie das Verbrechen nennen«, antwortete McMurdo.

»Verbrechen nennen!« rief Morris, und seine Stimme bebte vor Erregung. »War es nicht ein Verbrechen, daß gestern ein Mann, der Ihr Vater sein könnte, fast erschlagen wurde?«

»Man könnte es vielleicht auch einen Kampf nennen«, sagte McMurdo, »einen Kampf, in dem jeder so hart kämpft, wie er kann.«

»Aber haben Sie an so etwas gedacht, als Sie in Chikago den Freimaurern beitraten?«

»Ich muß zugeben, nein.«

»Ich auch nicht. Ich wurde Freimaurer in Philadelphia. Dort war die Loge ein wohltätiger Verein und ein Treffpunkt für Gleichgesinnte. Dann zog ich in diese Stadt, weil ich hoffte, ich könnte mich verbessern. Meine Frau und meine drei Kinder kamen mit. Mit meinem Kleinwarenhandel am Marktplatz verdiente ich gut. Als dann bekannt wurde, daß ich Freimaurer war, wurde ich gezwungen, der hiesigen Loge beizutreten. Ich erhielt das Schandzeichen auf den Arm, aber Schlimmeres wurde mir ins Herz gebrannt. Ich erkannte, daß ich mich in der Gewalt eines Verbrechers befand. Jedes Wort, das ich sagte, um die Dinge zu mildern oder Schlimmes zu verhindern, wurde als Verrat bezeichnet. Ich kann nicht fort von hier, denn alles, was ich habe, steckt in meinem Geschäft. Und wenn ich die Loge verlasse, kostet es mich das Leben. Diese Loge hat mich zum Verbrecher gemacht. Ich hatte ein Gewissen und eine Religion. Aber der Priester will nichts mehr mit mir zu tun haben, seitdem ich Scowrer bin. Die Angst vor der Loge und der Gedanke an meine Kinder hat mich zum Verbrecher gemacht!«

»Sie sind zu weich für diese Arbeit«, sagte McMurdo. »Sie sind nicht der richtige Mann dazu.«

»Nun sehe ich, daß Sie auf dem gleichen Wege sind. Wollen auch Sie ein kaltblütiger Mörder werden, oder können wir etwas tun, um das zu verhindern?«

»Werden Sie Anzeige erstatten?« fragte McMurdo kurz.

»Nein!« rief Morris. »Schon die Absicht würde mich das Leben kosten!«

»Ich glaube, Sie sind ein schwacher Mensch und nehmen diese Dinge zu schwer.«

»Zu schwer? Warten Sie ab, bis Sie länger hier gelebt haben! Schauen Sie sich das Tal an! Es ist das Tal der Angst, das Tal des Todes!«

»Wenn ich mehr erlebt habe, will ich Ihnen gern sagen, was ich denke«, entgegnete McMurdo. »Aber es ist klar, daß Sie nicht der Mann für einen solchen Ort sind. Je eher Sie hier alles verkaufen – auch wenn Sie nur wenig dafür bekommen – und wegziehen, um so besser für Sie. Was Sie mir anvertraut haben, ist gut bei mir aufgehoben. Muß ich aber einmal annehmen, daß Sie ein Denunziant sind –«

»Nein, nein!« rief Morris entsetzt.

»Sie haben es sicher gut gemeint, und vielleicht komme ich eines Tages darauf zurück. Auf Wiedersehen!«

»Ein Wort noch, ehe Sie gehen! Man hat uns vielleicht zusammen gesehen und wird wissen wollen, worüber wir gesprochen haben.«

»Damit ist zu rechnen.«

»Ich habe Ihnen eine Stelle im Büro meines Geschäfts angeboten.«

»Und ich habe sie abgelehnt. Das war der Grund unseres Treffens. Noch einmal, auf Wiedersehen, Bruder Morris! Hoffentlich finden Sie die Dinge in Zukunft erträglicher.«

Am selben Mittag, als McMurdo rauchend und in Gedanken versunken neben dem Ofen in seinem Zimmer saß, ging die Tür auf und McGinty trat ein. Er machte das Freimaurerzeichen und setzte sich dem jungen Mann gegenüber. Eine Zeitlang sah er ihn unverwandt an. McMurdo erwiderte den Blick ruhig.

»Ich mache nicht viele Besuche, Bruder McMurdo«, sagte McGinty endlich. »Gewöhnlich kommen die Leute zu mir. Aber ich dachte, ich müßte einmal eine Ausnahme machen – nämlich bei dir.«

»Ich fühle mich geehrt«, sagte McMurdo freundlich und holte eine Whiskyflasche aus dem Schrank.

»Wie geht es mit dem Arm?« fragte McGinty.

»Nun, er bringt sich ständig in Erinnerung«, antwortete McMurdo und verzog das Gesicht. »Aber die Sache ist es wert.«

»Ja«, bestätigte der andere, »sie ist es wert. Worüber hast du mit Bruder Morris heute vormittag gesprochen?«

Die Frage kam so plötzlich, daß McMurdo froh war, darauf vorbereitet zu sein. Er brach in lautes Gelächter aus.
»Morris hat keine Ahnung, daß ich mein Geld zu Hause verdienen kann«, antwortete er. »Er wird es auch nicht erfahren, denn er ist im Vergleich zu uns viel zu anständig – ein gutmütiger alter Kerl. Eine Stellung in seinem Laden hat er mir angeboten, weil er dachte, es ginge mir schlecht.«
»Und du hast abgelehnt?«
»Ja, natürlich! Ich kann doch in ein paar Stunden das Zehnfache verdienen, wenn ich will.«
»Das stimmt. Aber ich würde nicht zu oft mit Morris zusammenkommen.«
»Warum nicht?«
»Weil ich es sage, und das genügt den meisten Leuten hier.«
»Den meisten Leuten mag das genügen, aber mir nicht, Councillor«, erwiderte McMurdo kühn.
Der schwarze Riese starrte ihn überrascht an, und seine behaarte Hand umschloß das Glas, als wolle er es seinem Gegenüber an den Kopf werfen. Dann lachte er auf seine laute, übertriebene und unaufrichtige Art.
»Du bist ein komischer Kerl«, sagte er, »aber ich werde dir die Gründe nennen. Hat Morris nichts gegen die Loge geäußert?«
»Nein.«
»Und nichts gegen mich?«
»Nein.«
»Dann hat er dir nicht getraut. Im innersten Herzen ist er kein treuer Bruder. Wir wissen das und warten auf den Zeitpunkt, da wir ihn ermahnen müssen, und ich glaube, dieser Zeitpunkt ist nahe. Und wenn du mit einem Ungetreuen Umgang hast, könnten wir auch dich für untreu halten.«
»Ich habe keinen Umgang mit ihm, denn ich mag ihn nicht«, entgegnete McMurdo. »Und was das Wort Untreue angeht – jeder andere außer dir würde es nicht ungestraft gegen mich gebrauchen.«
»Das genügt«, sagte McGinty und leerte sein Glas. »Ich wollte dir nur rechtzeitig Bescheid sagen.«

»Wie hast du erfahren, daß ich mit Morris gesprochen habe?« fragte McMurdo.
McGinty lachte. »Es ist mein Geschäft zu wissen, was in dieser Stadt vorgeht«, antwortete er.
Sein Abschied wurde auf unerwartete Weise unterbrochen. Mit einem Krach flog die Tür auf, und drei Männer in Polizeiuniform standen in der Öffnung. McMurdo sprang auf und hatte seinen Revolver schon halb gezogen, als er merkte, daß zwei Winchesterbüchsen auf seinen Kopf zielten. Einer der drei Polizisten trat ins Zimmer, eine Pistole in der Hand. Es war Captain Marwin von der Coal and Iron Police. Er lächelte und schüttelte den Kopf über McMurdo.
»Ich dachte mir ja, daß Sie wieder Schwierigkeiten machen würden, McMurdo«, sagte er. »Sie können es nicht lassen, nicht wahr? Nehmen Sie Ihren Hut und kommen Sie mit!«
»Dafür werden Sie büßen, Captain Marwin!« rief McGinty. »Wie kommen Sie dazu, auf diese Weise in ein Haus einzubrechen und ehrenwerten Leuten nachzustellen?«
»Aus dieser Sache halten Sie sich besser heraus, Councillor McGinty!« sagte der Captain. »Sie sollten uns bei unserer Aufgabe helfen und uns nicht behindern!«
»Er ist ein Freund von mir, und ich stehe für sein Verhalten ein.«
»Sie werden bald für Ihr eigenes Verhalten einzustehen haben, McGinty«, erwiderte Marwin. »McMurdo war ein Verbrecher und ist noch immer einer. Leute, behaltet ihn im Auge, während ich ihn entwaffne!«
»Was soll ich getan haben?« fragte McMurdo.
»Teilnahme an dem Überfall auf den alten Redakteur Stanger im Büro des ›Herald‹.«
»Wenn das alles ist, was Sie gegen ihn haben«, rief McGinty lachend, »können Sie die Sache gleich fallenlassen! McMurdo war bei mir in der Bar und hat dort bis Mitternacht Poker gespielt. Ich kann ein Dutzend Zeugen dafür bringen.«
»Das ist Ihre Sache. Sie, McMurdo, kommen jetzt mit!«
Der Captain wirkte so entschlossen, daß die beiden sich fügten.

Aber bevor der Verhaftete abgeführt wurde, wechselte McGinty flüsternd noch einige Worte mit ihm.
»Was ist mit...« Er machte eine Bewegung mit dem Daumen, die auf die Falschmünzerei anspielte.
»Alles in Ordnung«, flüsterte McMurdo, der sich unter den Dielenbrettern ein sicheres Versteck angelegt hatte.
»Sie können dich nicht festhalten«, sagte McGinty laut zum Abschied. »Ich spreche mit unserem Anwalt Reilly und kümmere mich um die Verteidigung.«
»Führt ihn hinaus!« befahl Marwin seinen Begleitern. »Ich durchsuche noch das Haus.«
Anscheinend fand er nichts, denn er kam mit leeren Händen wieder heraus und ging mit seinen beiden Männern und McMurdo zur Polizeistation. Es war dunkel geworden, und ein eiskalter Wind pfiff um die Häuser. Die Straßen waren fast leer. Aber einige Menschen folgten doch der kleinen Gruppe und riefen Verwünschungen hinter dem Gefangenen her.
McMurdo wurde in die Sammelzelle geführt, wo Baldwin und die drei anderen Verbrecher vom Abend zuvor ihn bereits erwarteten. Sie waren alle am selben Nachmittag verhaftet worden. Aber selbst bis hier hinein reichte der lange Arm der Scowrers. Spätabends brachte der Wärter ein Bündel Stroh für das Nachtlager, aus dem er zwei Flaschen Whisky, Gläser und ein Kartenspiel herausholte. Es wurde eine muntere Nacht.
Sie hatten auch keinen Grund, sich Sorgen zu machen. Das Beweismaterial reichte nicht aus, um den Fall vor ein höheres Gericht zu bringen, und außerdem wurden die Zeugen aus der Druckerei im Kreuzverhör unsicher in ihrer Aussage. Der Überfallene selbst hatte ausgesagt, er besinne sich lediglich darauf, daß der Mann, der ihn zuerst schlug, einen Schnurrbart getragen habe. Er sei aber sicher, daß die Täter Scowrers seien, denn er hätte in der ganzen Stadt sonst keine Feinde. Schon lange habe man ihn wegen seiner Zeitungsartikel bedroht. Die Aussage von sechs Bürgern, darunter die des Councillors McGinty, bewies dagegen, daß alle Angeklagten die ganze Nacht in McGintys Bar Karten gespielt hätten.

Der Richterspruch wurde vom Publikum, das überwiegend aus Logenbrüdern bestand, mit lautem Beifall begrüßt. Es saßen aber auch andere Zuschauer da, mit zusammengepreßten Lippen und finsteren Blicken. Und einer von ihnen faßte die Gedanken dieser wenigen in die Worte: »Ihr verdammten Mörder! Wir werden euch schon noch kriegen!«

Die dunkelste Stunde

Wäre noch etwas nötig gewesen, um Jack McMurdos Beliebtheit bei den Logenbrüdern zu sichern, dann wäre es seine Verhaftung und Freilassung gewesen. Es war ein neuer Rekord in der Geschichte der Bande, daß ein Mann in der gleichen Nacht, in der er der Loge beitrat, bereits eine Tat verübte, die ihn vor den Richter brachte.

McGinty hatte erkannt, daß McMurdo etwas Besonderes war. Eines Tages würde er diesem Mann eine große Aufgabe geben. Ted Baldwin und einige andere Mitglieder der Loge waren jedoch über den schnellen Aufstieg des Fremden verärgert. Sie haßten ihn. Aber da sie seine Heftigkeit kannten, hielten sie sich von ihm fern.

Bei seinen Genossen war McMurdo nun zwar anerkannt, aber er verlor die Sympathie der Menschen, die ihm näherstanden. Ettie Shafters Vater wollte nichts mehr mit ihm zu tun haben und verbot ihm, sein Haus zu betreten. Ettie selbst liebte ihn zu sehr, um ihn ganz aufzugeben. Doch schreckte sie vor einer Ehe mit einem Mann zurück, der als Verbrecher galt. So beschloß sie nach einer schlaflosen Nacht, ihn aufzusuchen, vielleicht zum letzten Mal. Sie wollte versuchen, ihn den schlechten Einflüssen zu entziehen.

Wie schon oft zuvor ging sie zu dem Haus, in dem er wohnte. Sie fand ihn im Wohnzimmer. Er saß am Tisch, mit dem Rücken zur Tür und schrieb einen Brief. Da er das Öffnen der Tür nicht gehört hatte, schlich sie auf Zehenspitzen an ihn heran und legte ihm die Hände leicht auf die Schulter.

Da sprang er wie ein Tiger auf, wandte sich der Erschrockenen zu und hatte schon die Hand an ihrer Kehle. Gleichzeitig knüllte er mit der anderen Hand den Brief zusammen.

»Ach, du bist es«, sagte er dann erleichtert. »Du kommst zu mir, du

Liebe, und ich habe nichts Besseres zu tun, als dich fast zu erwürgen!« Er lachte und breitete die Arme aus. »Ich will es wieder gutmachen!«
Aber Ettie konnte so schnell nicht den Ausdruck schuldbewußter Angst vergessen, der sich sekundenlang in seinem Gesicht abgezeichnet hatte. Ihr Instinkt sagte ihr, daß mehr dahintersteckte als nur der Schreck eines aufgestörten Mannes.
»Was ist los mit dir, Jack?« rief sie. »Warum hattest du eben solche Angst?«
»Ich habe an andere Dinge gedacht, als du hereinkamst.«
»Nein, nein, Jack! Es war mehr!« Ein plötzlicher Argwohn ergriff sie. »Hast du etwa an eine Frau geschrieben? Woher soll ich wissen, ob du nicht verheiratet bist? Niemand kennt dich.«
»Ich bin nicht verheiratet, Ettie. Sieh, ich schwöre es! Du bist für mich die einzige Frau auf der Erde.«
Er war so ernst und blaß, daß sie ihm glauben mußte.
»Warum zeigst du mir den Brief dann nicht?« fragte sie.
»Ich habe geschworen, ihn niemanden zu zeigen. Er betrifft Logenangelegenheiten. Und was mein Erschrecken betrifft – ich dachte, die Polizei käme wieder... Bist du jetzt beruhigt?«
»Wie kann ich beruhigt sein, Jack, wenn ich nicht sicher bin, ob du nicht eines Tages als Mörder eingesperrt wirst? McMurdo der Scowrer – so nannte dich gestern einer unserer Gäste. Es fuhr mir wie ein Messer durchs Herz.«
»Es ist nicht so schlimm, wie du denkst. Wir sind nur Männer, die auf ihre Art versuchen, sich Recht zu verschaffen.«
»Gib es auf, Jack! Um meinetwillen – und um Gottes willen! Um dich darum zu bitten, kam ich her. Inständig beschwöre ich dich: Gib es auf!«
Er streichelte sie beruhigend.
»Du weißt nicht, um was du mich bittest. Wenn ich aufgebe, breche ich meinen Eid und verlasse meine Kameraden. Du würdest mich nie darum bitten, wenn du die Wahrheit wüßtest. Doch selbst wenn ich wollte, könnte ich nicht aufgeben. Denkst du, die Loge gibt einen frei, der alle ihre Geheimnisse kennt?«

»Daran habe ich gedacht, Jack. Ich habe einen Plan. Vater hat etwas Geld gespart und ist bereit fortzugehen. Wir könnten nach Philadelphia oder nach New York fliehen und wären in Sicherheit.«
McMurdo lachte.
»Glaubst du, sie finden uns dort nicht? Der Arm der Loge reicht weit.«
»Dann gehen wir in den Westen oder nach England oder nach Schweden, woher Vater stammt. Nur fort aus diesem Tal der Angst!«
McMurdo dachte an Bruder Morris.
»Nun höre ich diesen Namen schon zum zweiten Mal«, sagte er.
»Der Schatten scheint wirklich schwer über einigen von euch zu liegen.«
»Er verdunkelt jeden Augenblick unseres Lebens. Glaubst du, daß Ted Baldwin uns je verzeiht? Du solltest den Ausdruck in seinen finsteren Augen sehen, wenn er mich anschaut.«
»Diesem Mann muß ich bessere Manieren beibringen! Trotz allem, Ettie, ich kann hier nicht weg. Ich kann nicht! Gib mir Zeit, damit ich einen ehrenhaften Ausweg finde!«
»In solch einer Sache gibt es keine Ehre.«
»Es kommt auf den Blickwinkel an. Gib mir sechs Monate Zeit, eine Möglichkeit zu suchen, um hier fortzugehen, ohne mich schämen zu müssen!«
»Sechs Monate!« rief sie freudig. »Ist das ein Versprechen?«
»Nun, es können auch sieben oder acht sein. In spätestens einem Jahr jedoch werden wir das Tal verlassen.«
Mehr konnte Ettie nicht erreichen. Doch McMurdos Versprechen wirkte wie ein Licht in der Ferne, das die Dunkelheit ein wenig erhellte.
McMurdo entdeckte bald, daß die Organisation größer war als eine gewöhnliche Loge. Selbst der Logenmeister McGinty hatte von vielen Dingen keine Ahnung, denn es gab einen Mann mit der Bezeichnung »County-Delegierter«, der über mehrere Logen Macht besaß und sie willkürlich ausübte. McMurdo sah ihn nur einmal. Er war ein kleiner, grauhaariger, unauffälliger Mann mit schleichen-

dem Gang und bösartigen Augen. Evans Pott hieß er, und selbst McGinty, der große Boß von Vermissa, empfand Abneigung und Furcht vor ihm.
Eines Tages erhielt Scanlan, der mit McMurdo zusammen wohnte, einen Brief von McGinty, dem ein Brief von Evans Pott beigelegt war. Darin hieß es, daß Pott zwei gute Leute, Lawler und Andrews, sende. Sie hätten Anweisung, einen Auftrag auszuführen. Es sei im Interesse der Sache, keine Einzelheiten mitzuteilen. Der Logenmeister werde gebeten, für Unterkunft und Verpflegung zu sorgen. McGinty erklärte, daß die Anwesenheit der Männer in seinem Haus nicht geheim bleiben könnte. Aus diesem Grund bitte er darum, die Fremden für ein paar Tage bei Scanlan und McMurdo unterzubringen.
Abends trafen die beiden ein. Lawler war ein älterer Mann, klug, schweigsam und selbstgenügsam. Er trug einen alten schwarzen Rock und einen Filzhut, und sein Bart war zottig und grau. Er sah aus wie ein Wanderprediger. Sein Gefährte Andrews war fast noch ein Knabe und hatte ein offenes, heiteres Gesicht. Beide waren Antialkoholiker und betrugen sich in jeder Weise wie gute Freimaurer. Nur waren sie es nicht.
Lawler hatte schon vierzehn Mordaufträge durchgeführt und Andrews drei. Über ihre verbrecherische Vergangenheit sprachen sie gern und viel, über die bevorstehende Aufgabe jedoch nur sehr zurückhaltend.
»Sie wählten uns aus, weil keiner von uns trinkt«, erklärte Lawler. »So sprechen wir nie im voraus über eine Sache.«
»Es gibt ein Dutzend Kerle hier, mit denen ich ein Wort zu reden hätte!« rief McMurdo zornig. »Vielleicht ist es Jack Knox aus Ironhill, dem ihr nachstellt? Dem gönne ich es schon lange.«
»Nein, er ist es nicht.« Lawler lächelte und schüttelte den Kopf. Aus ihm war nichts herauszuholen.
McMurdo und Scanlan waren jedoch fest entschlossen, bei der Aktion ihrer Gäste zugegen zu sein. Als McMurdo eines Morgens zu sehr früher Stunde merkte, daß die beiden neuen Mitbewohner sich die Treppe hinabschlichen, weckte er Scanlan. Sie zogen sich rasch

an und eilten hinterher. Noch dämmerte es nicht, aber im Licht der Straßenlaternen konnten sie die beiden in einiger Entfernung gehen sehen. Unterwegs schlossen sich noch drei weitere Männer den beiden Fremden an. Vorsichtig und lautlos folgten McMurdo und Scanlan ihnen durch den tiefen Schnee. Die Männer schlugen den Weg nach Crow Hill ein, einem großen Unternehmen, das von Josiah H. Dunn tatkräftig geleitet wurde. Dunn war bisher dem Terror energisch entgegengetreten und hatte in seinem Betrieb die Ordnung aufrechterhalten.

Der Tag brach an, und die Bergleute eilten in großen Gruppen ihrer Arbeitsstätte zu. McMurdo und Scanlan mischten sich unter die Arbeiter und folgten den fünf Männern unbemerkt. Auf einem offenen Platz vor der Zeche warteten Hunderte von Bergleuten. Sie stampften mit den Füßen und hauchten in die Hände, denn es war bitter kalt. Die Fremden standen in einer kleinen Gruppe dicht neben dem Förderturm. Scanlan und McMurdo kletterten auf einen großen Schlackenhaufen, von dem aus sie die ganze Szene überblikken konnten.

Sie sahen den Bergingenieur – einen großen, bärtigen Schotten – herankommen und mit einer Pfeife ein Zeichen geben. Im selben Augenblick ging ein junger Mann mit glattrasiertem, ernstem Gesicht auf das Förderwerk zu. Er blickte auf die Fremden, die ihre Hüte tief ins Gesicht gezogen hatten, um sich unkenntlich zu machen. Für einen Augenblick legte sich die Vorahnung des Todes wie eine kalte Hand auf das Herz des jungen Mannes. Er schüttelte dieses Gefühl jedoch ab und trat auf die Gruppe zu.

»Wer seid ihr?« fragte er. »Was treibt ihr euch hier herum?«

Er erhielt keine Antwort. Statt dessen trat der junge Andrews schweigend einen Schritt vor und feuerte auf ihn. Keiner der wartenden Bergleute konnte sich rühren – alle standen wie gelähmt. Der junge Mann schlug die Hände vor den Leib, krümmte sich und taumelte fort, aber da schoß ein zweiter aus der Gruppe der Fremden, und das Opfer fiel seitwärts auf die Asche, die den Boden bedeckte. Bei diesem Anblick brüllte der Bergingenieur auf vor Wut und stürmte auf die Mörder zu, eine Eisenstange in den Fäusten. Sogleich erhielt er zwei Kugeln in den Kopf und brach tot zusammen. Jetzt drängten die Bergarbeiter vorwärts, und ein Schrei des Zorns und des Mitleids erhob sich. Als die Fremden über die Köpfe der Menge hinweg ihre Revolver leerschossen, stob sie auseinander. Die Verbrecher waren so schnell im aufkommenden Nebel verschwunden, daß kein Zeuge erkennen konnte, wer sie waren.

Scanlan und McMurdo machten sich auf den Heimweg. Scanlan war bedrückt. Es war der erste Mord, den er mit eigenen Augen gesehen hatte. McMurdo aber zeigte kein Verständnis für die plötzliche Schwäche seines Gefährten.

»Es ist wie im Krieg«, sagte er. »Wir schlagen zurück, so gut wir können!«

Am Abend ging es in McGintys Bar hoch her. Nicht nur die Ermordung des Steigers und des Ingenieurs wurde gefeiert – man feierte auch einen Triumph der Loge. Zur gleichen Zeit nämlich, als die County-Delegierten in Vermissa ihren Schlag ausführten, waren drei Männer aus Vermissa angefordert worden, um William Hales von der Zeche Stake Royal zu ermorden. Hales war ein beliebter Bergwerksbesitzer und ein mustergültiger Arbeitgeber. Sein Fehler war, daß er einige trunksüchtige und faule Arbeiter entlassen hatte, die Mitglieder der verbrecherischen Loge waren.

Ted Baldwin saß auf dem Ehrenplatz neben dem Logenmeister, denn er hatte den Mordanschlag geleitet. Er und seine beiden Genossen wurden gefeiert wie Helden. Sie hatten Hales auf einer steilen Straße, wo er nur langsam vorankam, aus seinem Wagen gezerrt und erschossen. Keiner von ihnen kannte das Opfer. Sie hatten lediglich den Scowrers von Gilmerton beweisen wollen, daß man sich auf die Männer von Vermissa verlassen konnte.

Es war ein großer Tag für die Scowrers. Der Schatten der Angst lag nun noch dunkler über dem Tal, und schon hatte McGinty einen neuen Angriff auf jene geplant, die sich ihm entgegenstellten. Als die halb betrunkene Gesellschaft aufbrach, ergriff er McMurdo am Arm und zog ihn in ein Nebenzimmer.

»Hör zu, mein Junge!« sagte er. »Endlich habe ich einen Auftrag, der deiner würdig ist. Du kannst ganz selbständig handeln.«

»Das erfüllt mich mit Stolz«, sagte McMurdo.
»Nimm zwei Männer mit – Manders und Reilly! Sie sind von mir vorbereitet. Wilcox muß erledigt werden, sonst kommen wir hier niemals richtig hoch. Mach' ihn fertig!«
»Ich werde mir Mühe geben. Wer ist er, wo finde ich ihn?«
McGinty nahm seine wie immer halb zerkaute Zigarre aus dem Mund und begann, eine Skizze auf einem Blatt seines Notizbuches zu zeichnen.
»Wilcox ist Vorarbeiter der Iron Dyke Company. Er ist ein harter Knochen – ein ehemaliger Stabsfeldwebel. Wir haben es schon zweimal versucht. Jim Carnaway ließ dabei sein Leben. Nun mußt du es übernehmen. Sieh hier auf die Zeichnung! Da steht ein Haus, ganz einsam an der Iron-Dyke-Kreuzung. Sei vorsichtig! Er ist bewaffnet und schießt schnell und genau, ohne vorher zu fragen. Nachts ist er allein dort, nur mit seiner Frau, drei Kindern und einer Hausgehilfin. Wir haben keine Wahl – alle oder niemanden. Wenn du eine Sprengladung an der Tür anbringen könntest...«
»Was hat der Mann getan?«
»Habe ich dir nicht gesagt, daß er Jim Carnaway erschossen hat?«
»Warum hat er ihn erschossen?«
»Was, zum Teufel, geht dich das an? Carnaway war nachts in seinem Haus, und er hat ihn niedergeschossen. Das genügt. Bring die Sache in Ordnung!«
»Die beiden Frauen und die Kinder sind aber dabei. Sollen sie mit in die Luft fliegen?«
»Sie müssen mit hochgehen. Anders kommen wir nicht an ihn heran.«
»Das ist hart. Sie haben schließlich nichts damit zu tun.«
»Was soll das Gerede? Willst du dich drücken?«
»Langsam, Councillor! Glaubst du im Ernst, ich würde einen Befehl meines Logenmeisters nicht ausführen? Die Entscheidung liegt bei dir.«
»Du machst es also?«
»Natürlich!«
»Wann?«

»Laß mir ein oder zwei Nächte Zeit! Ich muß mir das Haus ansehen und meine Pläne machen. Dann...«
»Sehr gut«, sagte McGinty. »Es wird dein großer Tag sein, wenn du vom Erfolg berichtest.«
McMurdo dachte lange und gründlich über den Auftrag nach, der ihm so plötzlich erteilt worden war. Das einsame Haus, in dem Chester Wilcox lebte, lag ungefähr zehn Kilometer von Vermissa entfernt in einem angrenzenden Tal. Noch am selben Abend machte er sich auf den Weg, um seine Vorbereitungen zu treffen. Am nächsten Tag sprach er mit seinen beiden Untergebenen, Manders und Reilly. Die beiden waren so begeistert, als ginge es in den Wald auf die Jagd.
Zwei Abende später trafen sich die drei bewaffnet draußen vor der Stadt. Einer von ihnen trug einen Sack mit Sprengstoff, wie er in den Bergwerken benutzt wurde. Die Nacht war windig und mondhell. Nur hin und wieder trieben Wolkenfetzen vor dem Mond vorbei und verdunkelten ihn für kurze Zeit.
Sie waren vor Wachhunden gewarnt worden. Vorsichtig schlichen sie heran, die entsicherten Pistolen in den Händen. Kein Laut war zu hören, außer dem Heulen des Windes, und keine Bewegung wahrzunehmen, außer dem Schwanken der Äste über ihnen. McMurdo lauschte an der Tür des Hauses. Drinnen war alles still. Er lehnte den Sack mit dem Sprengstoff an die Tür, schnitt ein Loch hinein, zog die Zündschnur heraus und zündete sie an. Seine Begleiter und er konnten sich gerade noch in einem Graben in Sicherheit bringen, bevor die Explosion hochging. Mit einem dumpfen Bersten brach das Gebäude hinter ihnen zusammen.
Aber die mutig und sorgfältig ausgeführte Arbeit war umsonst gewesen. Wilcox wußte, daß er auf der Liste der Scowrers stand, und war mit seiner Familie gerade einen Tag vorher in ein unbekanntes Quartier gezogen, wo ihn die Polizei bewachte. McMurdo hatte das leere Haus in die Luft gesprengt.
»Überlaßt ihn mir auch weiterhin«, sagte McMurdo. »Ich erwische ihn schon noch, und wenn es ein Jahr dauert!«
Die Loge dankte ihm und sprach ihm ihr volles Vertrauen aus. Vor-

läufig ruhte die Sache. Als ein paar Wochen später die Zeitungen berichteten, daß aus einem Hinterhalt auf Wilcox geschossen worden sei, nahmen alle an, McMurdo sei noch hinter seinem Opfer her. So sahen die Methoden der Männer aus, die sich hinter dem ehrenhaften Namen »Freimaurer« verbargen; mit solchen Taten hielten sie ihre Herrschaft aufrecht. Ihr Schatten lag dunkel auf dem Tal der Angst. Nur für die Natur brachte der nahende Frühling Hoffnung, nicht aber für die Menschen, die im Bann des Terrors lebten.

Gefahr

Der Höhepunkt der Schreckensherrschaft war erreicht. McMurdo übte bereits einige Ämter aus und hatte Aussicht, eines Tages McGinty als Logenmeister zu folgen. Doch je beliebter er bei den Freimaurern wurde, desto finsterer blickten ihn die Leute auf der Straße an.

Endlich faßten sich die Bürger ein Herz und verbündeten sich gegen ihre Unterdrücker. In der Loge wurde sogar davon gesprochen, daß in der Redaktion des »Herald« geheime Versammlungen stattfänden. Auch sollten Feuerwaffen unter die gesetzestreuen Bürger verteilt worden sein. Aber McGinty und seine Männer ließen sich durch diese Berichte nicht beunruhigen. Sie waren zahlreich, gut bewaffnet und zu allem entschlossen.

Es war an einem Samstagabend im Mai. McMurdo wollte wie immer zur Arbeitssitzung der Loge gehen, als Morris ihn aufsuchte. Er war abgemagert und sein blasses Gesicht von Sorgen zerfurcht.

»Kann ich offen mit Ihnen sprechen, McMurdo?«

»Selbstverständlich.«

»Sie sind schon einmal verschwiegen gewesen, selbst als McGinty kam und Sie ausfragte. Das werde ich Ihnen nicht vergessen.«

»Was blieb mir anderes übrig, wenn Sie mir vertrauten? Das muß nicht bedeuten, daß ich mit Ihnen übereinstimme.«

»Ich weiß. Aber Sie sind der einzige, mit dem ich reden kann, ohne daß mir etwas geschieht. – Ich trage ein Geheimnis mit mir herum«, fuhr er fort, »und es erwürgt mich fast. Wenn ich es verrate, bedeutet es Mord, und wenn ich es für mich behalte, bedeutet es für uns alle den Tod.«

McMurdo sah den Mann aufmerksam an. Morris zitterte. McMurdo goß Whisky ein und reichte ihm das Glas. »Trinken Sie,

das ist Arznei für Sie«, sagte er, »und dann erzählen Sie, worum es sich handelt!«
Morris trank, und sein blasses Gesicht bekam wieder etwas Farbe.
»Es ist alles mit einem Satz erklärt«, sagte er. »Ein Detektiv ist uns auf der Spur!«
McMurdo sah ihn erstaunt an.
»Sie sind verrückt!« entgegnete er dann. »Wie viele Polizisten laufen hier herum, und hat uns das je geschadet?«
»Es ist aber kein Mann von hier. Haben Sie einmal von Pinkerton gehört? Das ist ein solides Detektivunternehmen, das auf Erfolge aus ist und nicht locker läßt, bis sie erzielt sind.«
»Dann müssen wir ihn eben umbringen.«
»Natürlich ist das der erste Gedanke, der Ihnen kommt! Darüber muß die Loge entscheiden. Sagte ich nicht, daß mein Geheimnis Mord bedeutet?«
»Was ist schon Mord! Ist er hier nicht üblich?«
»Leider ja. Aber ich will nicht einen Menschen den Mördern ausliefern. Ich würde nie wieder Ruhe finden. Und doch steckt unser eigener Hals in der Schlinge! Was soll ich nur tun?«
Seine Worte hatten McMurdo sehr beeindruckt. Es war ihm anzumerken, daß auch er die Gefahr erkannte. Er packte Morris an den Schultern und schüttelte ihn.
»Hören Sie!« rief er. »Wir gewinnen nichts, wenn Sie nicht schnell antworten. Wer ist der Mann? Wo steckt er? Wie haben Sie davon gehört? Warum sind Sie zu mir gekommen?«
»Zu Ihnen bin ich gekommen, weil Sie der einzige sind, der mir raten kann. Ich hatte ein Geschäft im Osten, ehe ich hierher zog. Ein guter Freund von mir ist dort Telegrafist. Hier ist der Brief, den ich gestern von ihm erhalten habe. Lesen Sie!«
In dem Brief stand: »Was machen die Scowrers in Deiner Gegend? Hier steht viel darüber in den Zeitungen. Ganz unter uns gesagt, ich weiß, daß fünf große Unternehmen und zwei Eisenbahngesellschaften die Sache nun ernsthaft in Angriff nehmen. Pinkerton hat den Fall übernommen, und der beste Mann, den sie haben, Birdy Edwards, ist hingefahren. Er wird den Scowrers ein Ende machen. Na-

türlich sind diese Mitteilungen streng vertraulich. Ich habe das alles im Dienst erfahren, und Du darfst nicht darüber sprechen.«
McMurdo saß schweigend da. Der Brief bebte in seinen Händen.
»Weiß sonst noch jemand davon?«
»Außer Ihnen habe ich es niemandem gesagt.«
»Kennt Ihr Freund noch jemanden, dem er davon schreiben würde?«
»Ja, es könnte sein, daß er noch den einen oder anderen hier kennt.«
»Von der Loge?«
»Das ist unwahrscheinlich.«
»Ich frage, weil es möglich wäre, daß er in einem anderen Brief diesen Edwards näher beschreibt. Dann kämen wir ihm auf die Spur.«
»Das wäre denkbar. Aber ich glaube nicht, daß er ihn kennt. Er hat ja nur durch seinen Beruf davon erfahren.«
Plötzlich sprang McMurdo auf.
»Ich hab's!« rief er. »Wir haben Glück! Wir können ihn unschädlich machen, ehe er Schaden anrichtet. Morris, überlassen Sie die ganze Sache mir! Nicht einmal Ihr Name braucht erwähnt zu werden. Wir tun so, als wäre der Brief an mich gerichtet. Sind Sie damit einverstanden?«
»Nichts wäre mir lieber!«
»Dann machen wir es so. Behalten Sie, was Sie wissen, für sich! Ich gehe jetzt in die Loge. Der Mann von Pinkerton wird sich wundern!«
»Sie bringen ihn nicht um?«
»Je weniger Sie wissen, Morris, desto ruhiger ist Ihr Schlaf und Ihr Gewissen.«
Morris schüttelte den Kopf und ging. »Ich fühle sein Blut bereits an meinen Händen«, murmelte er.
»Notwehr ist nicht Mord«, entgegnete McMurdo. »Er oder wir! Morris, wir müssen Sie zum Logenmeister wählen. Sie haben uns gerettet!«
McMurdo nahm den Zwischenfall ernster, als seine Worte erkennen ließen. Er verhielt sich wie einer, der sich auf das Schlimmste vorbereitet. Ehe er das Haus verließ, vernichtete er alle Schriftstücke, die

ihn verraten konnten. Auf seinem Weg zur Loge blieb er vor dem Haus des alten Shafter stehen – hinein durfte er ja nicht. Also klopfte er ans Fenster, und Ettie kam zu ihm heraus. Sie erkannte sofort die Angst, die sich in seinem Gesicht abzeichnete.

»Es ist etwas geschehen!« rief sie. »Jack, du bist in Gefahr!«

»So gefährlich ist es nun auch wieder nicht, Liebling. Aber es könnte notwendig sein, daß wir uns davonmachen, ehe es schlimmer wird. Habe ich dir nicht versprochen, daß wir eines Tages fortgehen? Ich glaube, die Zeit ist gekommen. Heute abend habe ich etwas Besorgniserregendes erfahren.«

»Die Polizei?«

»Nein, ein Mann von Pinkerton. Du weißt sicher, was das bedeutet. Im Grunde bin ich ein ehrlicher Mann, Ettie. Vertraust du mir?«

Sie gab ihm die Hand, ohne ein Wort zu erwidern.

»Dann tu, was ich dir sage, denn es wird bald etwas in diesem Tal geschehen! Wenn ich gehe, mußt du mitkommen, ob bei Tag oder Nacht.«

»Ich folge dir nach, Jack.«

»Nein, nein! Du mußt mit mir kommen. Wie sollte ich dich hierlassen, wenn ich vielleicht nie wieder in dieses Tal zurück kann? Dort, wo ich herstamme, kenne ich eine gute Frau. Bei ihr werde ich dich lassen, bis wir heiraten. Willst du?«

»Ja, Jack, ich komme mit.«

»Sobald ich dich benachrichtige, mußt du alles stehen und liegen lassen und sofort zum Bahnhof gehen. Warte dort, bis ich dich hole!«

»Ich komme, wann immer du mich rufst.«

Nachdem er seine Fluchtvorbereitungen eingeleitet hatte, begab sich McMurdo etwas beruhigter in die Loge.

Bei seinem Eintritt erhob sich Begrüßungsgemurmel. Der langgestreckte Raum war überfüllt. Durch den Tabaksqualm sah er die schwarze Mähne des Logenmeisters, Baldwins grausames Gesicht und ein Dutzend andere, die zu den Anführern der Loge gehörten. Er genoß den Gedanken, daß gleich alle über seine Nachricht erschrecken würden.

»Schön, daß du kommst, Bruder!« rief ihm McGinty entgegen. »Wir haben hier eine Sache, für die ein Salomon mit seiner Weisheit nötig ist.«

»Es handelt sich um Lander und Egan«, erklärte ein Tischnachbar. »Beide beanspruchen das Kopfgeld für die Tötung des alten Crabbe in Stylestown. Wer soll entscheiden, von wem er den tödlichen Schuß erhielt?«

McMurdo erhob sich und streckte die Hand aus.

»Verehrungswürdiger Meister«, sagte er mit feierlicher Stimme, »ich beanspruche das Recht auf einen Dringlichkeitsantrag.«

»Ein solcher Antrag geht nach den Regeln der Loge allen anderen vor«, erklärte McGinty. »Sprich! Wir hören dir zu.«

McMurdo zog den Brief aus seiner Tasche.

»Verehrungswürdiger Meister, liebe Brüder«, sagte er, »ich bringe eine schlechte Nachricht. Mir ist eine Information in die Hände gefallen, nach der die mächtigsten und reichsten Unternehmen dieses Staates sich verbündet haben, um uns zu vernichten. In diesem Augenblick sammelt bereits ein Detektiv von Pinkerton namens Birdy Edwards in unserem Tal Beweismaterial. Das wird alle, die hier versammelt sind, ins Zuchthaus bringen und einige von uns an den Galgen. Diese Nachricht ist der Grund meines Dringlichkeitsantrags.«

Totenstille herrschte im Raum. Sie wurde von McGinty durchbrochen.

»Hast du Beweise, Bruder McMurdo?« fragte er.

»Diesen Brief hier«, sagte McMurdo. Dann las er die entscheidende Stelle vor und fügte hinzu: »Es ist für mich Ehrensache, keine weiteren Einzelheiten aus dem Brief zu nennen und ihn nicht aus der Hand zu geben. Was noch darin steht, berührt nicht die Interessen der Loge, das versichere ich euch.«

»Birdy Edwards«, sagte einer der älteren Brüder, »ist der beste Mann von Pinkerton.«

»Weiß jemand, wie er aussieht?« fragte McGinty.

»Ja«, antwortete McMurdo, »ich kenne ihn.«

Ein Murmeln des Erstaunens ging durch den Versammlungsraum.

»Ich glaube sogar, er ist schon in unserer Hand«, fuhr McMurdo fort und lächelte zuversichtlich. »Wenn wir schnell und klug handeln, können wir mit dieser Gefahr fertigwerden. Er wird versuchen, unsere Geheimnisse zu erfahren – dagegen gibt es nur ein sicheres Mittel…«

»…daß er nie das Tal verläßt«, beendete Baldwin den Satz. McMurdo nickte.

»Damit hast du recht, Bruder Baldwin«, bestätigte er. »Wir hatten schon Unstimmigkeiten, aber eben hast du das einzig Richtige gesagt.«

»Wo ist er, und wie erkennen wir ihn?«

»Verehrungswürdiger Meister«, sagte McMurdo ernst, »ich gebe zu bedenken, daß dies eine zu wichtige Sache ist, um sie in offener Loge zu besprechen. Zwar vertraue ich allen hier Versammelten, doch haben wir keine Chance mehr, wenn dieser Mann auch nur durch eine Unvorsichtigkeit etwas erfährt. Ich bitte deshalb die Loge, einen vertrauenswürdigen Ausschuß zu wählen – dich, Bruder Baldwin und noch fünf andere. Erst dann kann ich offen über alles sprechen, was ich weiß, und wir können beraten, was geschehen soll.«

Der Vorschlag wurde sofort angenommen. Dem Ausschuß gehörten außer McGinty und Baldwin der Archivar Harraway, Tiger Cormac, der brutale junge Mörder, Carter, der Schatzmeister, und die Brüder Willaby an – Leute, die vor nichts zurückschreckten. Eine düstere Stimmung beherrschte heute das übliche Trinkgelage, und schon bald brach man auf, um den Führern die Beratung zu überlassen.

»Nun sprich, McMurdo!« forderte McGinty, als sie allein waren. Die sieben Männer saßen wie angefroren auf ihren Plätzen.

»Ich sagte vorhin, daß ich Birdy Edwards kenne«, erklärte McMurdo. »Er wohnt unter dem Namen Steve Wilson in Hobson's Patch.«

»Wieso weißt du das?«

»Weil ich zufällig in ein Gespräch mit ihm gekommen bin. Damals dachte ich nicht weiter darüber nach. Jetzt bin ich mir aber sicher, daß er der Mann ist, den wir suchen. Am Mittwoch traf ich ihn in der Bahn. Er sagte mir, daß er für eine Zeitung arbeite, und ich glaubte ihm. Er war sehr daran interessiert, möglichst viel über die Scowrers zu erfahren. ›Ich bezahle gut für einen Stoff, mit dem ich etwas anfangen kann‹, sagte er. Ich erzählte ihm einiges, aber nichts, was uns hätte verraten können. Er gab mir zwanzig Dollar dafür. ›Sie können zehnmal soviel haben‹, prahlte er, ›wenn Sie mir beschaffen, was ich brauche.‹«

»Woher weißt du, daß er kein Zeitungsmann ist?«

»Das will ich euch gerade erzählen. Er stieg mit mir in Hobson's Patch aus. Zufällig ging ich ins Telegrafenamt, als er es verließ. ›Sehen Sie mal‹, sagte der Mann am Schalter, ›dafür müßten wir eigentlich doppelte Gebühren nehmen!‹ Das Formular war mit etwas ausgefüllt, das Chinesisch hätte sein können. ›So etwas schickt er jeden Tag fort‹, erklärte der Schalterbeamte. ›Das sind Spezialnachrichten für seine Zeitung‹, sagte ich. ›Er hat Angst, daß andere sie ihm wegschnappen könnten.‹ Damals dachte ich das selbst. Jetzt weiß ich es besser.«

»Beim Teufel, ich fürchte, du hast recht!« rief McGinty. »Was sollen wir nur gegen ihn unternehmen?«

»Warum machen wir ihn nicht kalt?« schlug einer vor.

»Sofort würde ich losgehen, wenn ich wüßte, wo er steckt«, sagte McMurdo. »Ich weiß nur, daß er in Hobson's Patch wohnt, aber nicht, in welchem Haus. Ich habe jedoch einen Plan und bitte euch, meinen Rat anzunehmen.«

»Und wie sieht dein Plan aus?«

»Ich fahre morgen früh nach Hobson's Patch. Der Telegrafist wird sicher wissen , wo der Bursche wohnt. Wenn ich ihn gefunden habe, teile ich ihm mit, daß ich selber zu den Scowrers gehöre. Ich biete ihm unsere Geheimnisse für einen guten Preis an. Sicher wird er darauf hereinfallen. Dann sage ich ihm, daß die Papiere in meinem Haus sind und er sie um zehn Uhr abends abholen kann.«

»Und wie geht es dann weiter?«

»Das könnt ihr euch wohl denken! Ihr wißt, daß das Haus der Witwe MacNamara einsam steht und daß sie taub ist. Außer mir wohnt nur noch Scanlan dort. Wenn Birdy Edwards zu kommen verspricht, benachrichtige ich euch sofort. Ihr seid dann alle Punkt neun Uhr bei mir. Wir lassen ihn herein, und dann wollen wir sehen, ob er lebendig wieder herauskommt.«

»Bei Pinkerton«, meinte McGinty grinsend, »dürfte es bald eine freie Stelle geben.«

Eine Falle schnappt zu

Die Scowrers hätten den Mann von Pinkerton am liebsten sofort erschossen, wenn es für sie nicht wichtig gewesen wäre zu erfahren, was er bereits weitergegeben hatte. Viel konnte es eigentlich noch nicht sein, sonst hätte er die belanglosen Informationen von McMurdo nicht so eifrig aufgeschrieben und weitergeleitet. Aber Birdy Edwards selbst sollte ihnen genau sagen, was er über die Loge wußte. Sie würden ihn schon zum Sprechen bringen!

McMurdo fuhr wie verabredet nach Hobson's Patch. Die Polizei interessierte sich an diesem Morgen auffallend für ihn. Captain Marwin machte sogar den Versuch, ihn anzusprechen, doch McMurdo wandte sich ab. Als er am Nachmittag zurückkam, suchte er sogleich McGinty auf.

»Er kommt«, sagte er.

»Gut!« McGinty war in Hemdsärmeln, und die dicke Goldkette mit den vielen Anhängern schimmerte auf seinem wohlgenährten Bauch.

»Glaubst du, daß er viel weiß?« fragte er, und man hörte seiner Stimme die Sorge an.

McMurdo wiegte den Kopf. »Er ist einige Zeit hier gewesen – wenigstens sechs Wochen lang. Mit dem Geld der großen Unternehmen in der Tasche wird er wahrscheinlich einiges erfahren und auch weitergegeben haben.«

»Wir haben keinen schwachen Mann in der Loge!« rief McGinty. »Alle halten dicht! Allerdings ist da dieser Morris. Wenn einer uns verrät, dann nur er. Zu gerne möchte ich ein paar von den Jungs hinschicken, um zu sehen, was sie aus ihm herausprügeln.«

»Das wäre kein Fehler«, entgegnete McMurdo, »und doch tut es mir leid um ihn. Ich habe mich einige Male über Logenangelegenheiten mit ihm unterhalten, und ich glaube nicht, daß er ein Verräter ist, auch wenn wir nicht immer derselben Meinung waren.«

»Ich habe ihn schon lange im Auge, und ich werde es ihm geben«, sagte McGinty.

»Du weißt am besten, was zu tun ist«, antwortete McMurdo. »Aber schieb es noch etwas hinaus. Wir müssen uns ruhig verhalten, bis die Pinkerton-Geschichte erledigt ist.«

»Du hast recht«, sagte McGinty. »Wittert Birdy Edwards eine Falle?«

McMurdo lachte. »Er wittert große Enthüllungen über die Scowrers, und ich ließ mir im voraus Geld von ihm geben.« McMurdo zog lächelnd ein Bündel Scheine aus der Tasche. »Ich bekomme noch viel mehr, wenn er alle meine Papiere gesehen hat.«

»Was für Papiere?«

»Natürlich gibt es keine Papiere. Aber ich habe ihm viel von der Satzung und ähnlichem Kram erzählt. Er hofft jetzt, aus den ›Papieren‹ alles über uns zu erfahren.«

»Er *wird* alles erfahren, aber anders, als er denkt!« knurrte McGinty grimmig.

»Keiner wird Edwards sehen, wenn er in der Dunkelheit kommt«, sagte McMurdo, »und ich wette, daß ihn auch keiner weggehen sieht. Er kommt um zehn Uhr und klopft dreimal. Ich lasse ihn ein und schließe die Tür. Dann können wir mit ihm machen, was wir wollen.«

»Gut so!«

»Aber der nächste Schritt muß überlegt sein, denn der Fall könnte schwierig werden. Der Mann ist erfahren und bewaffnet. Wenn ich ihn in ein Zimmer führe, in dem sieben Leute sitzen, und er hat nur einen erwartet, gibt es eine Schießerei.«

»Anzunehmen.«

»Und der Lärm alarmiert die gesamte Polizei der Stadt.«

»Ich fürchte, da hast du recht.«

»Deshalb schlage ich euch vor: Ihr versammelt euch eine Stunde früher in dem großen Zimmer. Wenn er kommt, mache ich ihm auf und führe ihn in das kleine Zimmer neben der Eingangstür. Dann lasse ich ihn dort allein, um die sogenannten Papiere zu holen. Bei der Gelegenheit sage ich euch, wie er sich verhält und wie er bewaffnet ist. Wenn ich wieder zu ihm zurückgegangen bin und er die gefälschten Papiere durchsieht, greife ich plötzlich nach seiner rechten Hand, halte sie fest und rufe euch herbei.«

»Das ist ein guter Plan«, sagte McGinty. »Die Loge ist dir zu Dank verpflichtet. Ich weiß, wen ich als Nachfolger vorschlage, wenn ich den Vorsitz niederlege.«

McMurdo ging nach Hause und traf dort sofort seine Vorbereitungen für den Abend. Er reinigte, ölte und lud seinen Smith & Wesson-Revolver. Dann schaute er sich das Zimmer genau an, in dem der Pinkerton-Mann überfallen werden sollte. In dem großen Raum stand in der Mitte ein langer Tisch, eine Ecke nahm ein großer Ofen ein, und an den Außenwänden befanden sich Fenster ohne Läden, nur mit dünnen Gardinen davor, die sich aber zuziehen ließen.

McMurdo sprach auch mit seinem Mitbewohner. Nun war Scanlan zwar auch ein Scowrer, aber der schmächtige, zurückhaltende Mann war seinen Genossen nicht gewachsen. Vor den Bluttaten, an denen er sich manchmal beteiligen mußte, fürchtete er sich. McMurdo erklärte ihm kurz, was geplant war.

»An deiner Stelle, Mike Scanlan, würde ich heute nacht nicht hierbleiben. Noch bevor der Morgen kommt, gibt es hier blutige Arbeit.«

»Du hast erkannt, daß ich nicht viel aushalte. Ich werde deinen Rat befolgen und euch das Haus überlassen. Danke für die Warnung!«

Die Männer – einschließlich McGinty waren es sieben – kamen zeitig, wie verabredet. Sauber und gut gekleidet, glichen sie äußerlich ehrbaren Bürgern. Sie betraten schnell und von niemandem bemerkt das Haus.

Auf dem Tisch stand Whisky bereit, und alle bedienten sich reichlich. So waren die schlimmsten der Bande, wie Baldwin und Cormac, bald angetrunken, und der Alkohol heizte ihre Grausamkeit noch an.

Baldwin hielt die Hände an den Ofen. »Wenn er daran festgebunden wird«, meinte er, »sagt er schnell die Wahrheit.«

»Keine Sorge!« stimmte McMurdo zu. Er schien eiserne Nerven zu haben, denn obwohl die ganze Verantwortung auf ihm lag, benahm er sich ruhig wie immer. Die anderen sahen es mit Befriedigung.
»Nimm du die Sache in die Hand!« sagte McGinty zu ihm. »Pack ihn an der Kehle! Schade, daß keine Läden vor den Fenstern sind!«
McMurdo ging von einem Fenster zum anderen und zog die Vorhänge vor.
»Es kann niemand hereinsehen. Jetzt wird er bald kommen. Hört!«
Sie saßen bewegungslos, die Gläser in der Hand.
Es hatte dreimal geklopft.
»Still!«
McMurdo hob warnend die Hand. Die andern packten ihre Waffen fester.
»Kein Geräusch!« flüsterte McMurdo ihnen zu, als er hinausging. Er schloß leise die Tür hinter sich. Die Männer warteten mit angehaltenem Atem und zählten die Schritte ihres Gefährten bis zur Haustür. Dann hörten sie, wie die Tür geöffnet wurde, und vernahmen Begrüßungsworte. Kurz danach fiel die Haustür zu, und der Schlüssel wurde im Schloß herumgedreht. Die Falle war zugeschnappt.
Tiger Cormac fing an zu lachen, doch McGinty hielt ihm mit seiner haarigen Pranke den Mund zu. »Still, du Idiot!« zischte er wütend. Aus dem Nebenzimmer drang eine leise Unterhaltung. Sie kam den Wartenden endlos vor. Doch dann ging die Tür auf, McMurdo trat ein und legte den Finger auf die Lippen.
Er trat an das Tischende und sah alle der Reihe nach an. Eine Veränderung war mit ihm vorgegangen. Seine Gesichtszüge waren wie versteinert, und seine Augen funkelten hinter der Brille. Alle starrten ihn an, aber er sagte nichts.
»Ist er hier?« rief McGinty endlich. »Ist Birdy Edwards hier?«
»Ja«, antwortete McMurdo langsam. »Birdy Edwards ist hier. *Ich* bin Birdy Edwards!«
Zehn Sekunden vergingen in tiefer Stille. Das einzige Geräusch war das Summen des Kessels auf dem Ofen. Sieben weiße Gesichter waren dem Mann zugewandt und in höchstem Schrecken erstarrt.

Plötzlich klirrte Glas, Gewehrläufe wurden in die Fenster gestoßen und Vorhänge heruntergerissen. McGinty brüllte auf und machte einen Satz zur Tür. Dort prallte er vor dem Revolver Captain Marwins zurück und sank auf einen Stuhl.
»Bleiben Sie nur sitzen! Dort sind Sie am sichersten, Councillor«, sagte der Mann, den sie als McMurdo kennengelernt hatten. »Und Sie, Baldwin, nehmen Ihre Hand von der Pistole, sonst betrügen Sie nur den Henker! Und jetzt alle Waffen auf den Tisch! So ist es recht. Um das Haus stehen vierzig bewaffnete Männer, und Sie können sich die Chancen ausmalen, die Sie noch haben. Bitte, Captain Marwin, sammeln Sie die Waffen ein!«
Es war kein Widerstand möglich. Benommen und verwirrt saßen die Männer um den Tisch.
»Noch ein Wort, ehe wir uns trennen«, sagte der Mann, der einmal McMurdo hieß. »Wir werden uns erst wiedersehen, wenn ich als Zeuge gegen Sie auftrete. Wer ich bin, das wissen Sie nun: Ich bin Birdy Edwards von der Detektivagentur Pinkerton. Mein Auftrag lautete, Sie zur Strecke zu bringen. Niemand außer Captain Marwin und meinen Vorgesetzten kannte meine Rolle.«
Sieben bleiche Gesichter starrten ihn an. In den Augen stand die Drohung eines unauslöschlichen Hasses.
»Das Spiel ist aus«, sagte der Detektiv. »Als ich den Auftrag erhielt, wollte ich nicht glauben, daß es Ihren Geheimbund gab. Ich dachte, alles sei die Erfindung von Journalisten. Da es hieß, Sie hätten mit Freimaurerei zu tun, trat ich in Chikago einer Loge bei. Aber ich fand dort nur Gutes. Als ich mit meinem Auftrag hierher kam, erfuhr ich bald, daß es mit Ihnen anders stand. Ich blieb, um alles genau zu ergründen. Natürlich habe ich nie einen Mann in Chikago getötet, und die Dollars, die ich Ihnen gab, waren echt. Aber noch nie habe ich Geld besser angelegt. Ich wußte wohl, wie ich mich bei Ihnen einschmeicheln konnte.
An dem Abend, da ich in Ihre Loge aufgenommen wurde, haben Sie den alten Stanger verprügelt. Die Zeit war zu kurz, um ihn zu warnen. Ich konnte lediglich verhindern, daß Baldwin den alten Mann totschlug. Zum Schein habe ich Ihnen einige Untaten vorgeschla-

gen, aber nur solche, die ich verhindern konnte. Den Bergingenieur und den Steiger konnte ich nicht retten – dazu wußte ich noch zu wenig. Aber daß seine Mörder hingerichtet werden, dafür werde ich sorgen. Chester Wilcox warnte ich – Sie wissen ja, daß sein Haus leerstand, als ich es in die Luft sprengte.«

»Du verdammter Verräter!« knirschte McGinty.

»Ja, Jack McGinty, so dürfen Sie mich ruhig nennen, wenn Ihnen das guttut. Und jetzt, Marwin, will ich Sie nicht länger aufhalten. Führen Sie die Kerle ab!«

Viel gibt es nicht mehr zu berichten. Scanlan erhielt einen verschlossenen Brief, den er Miß Ettie Shafter überbrachte. Am frühen Morgen stiegen eine schöne junge Frau und ein Mann, der mit hochgeschlagenem Kragen und unter breiter Hutkrempe nicht zu erkennen war, in einen Sonderzug und verließen in rascher Fahrt das gefährliche Land. Ettie und ihr Bräutigam ließen das Tal der Angst für immer hinter sich. Zehn Tage später heirateten sie in Chikago. Der alte Jacob Shafter war ihr Trauzeuge.

An einem weit entfernten Ort wurde der Prozeß gegen die Scowrers durchgeführt. So wollte man verhindern, daß ihre Anhänger das Gericht terrorisierten. Nach vielen Jahren wurde die Organisation endlich vernichtet, und die dunkle Wolke der Angst hob sich für immer von Vermissa Valley.

McGinty bestieg winselnd das Schafott, und acht seiner Anhänger teilten sein Schicksal. Fünfzig andere erhielten hohe Zuchthausstrafen. Birdy Edwards hatte ganze Arbeit geleistet.

Ted Baldwin und die Willabys aber entgingen dem Tod. Sie saßen zehn Jahre hinter Gittern, und der Tag, an dem sie wieder freikamen, beendete das friedliche Leben Birdy Edwards'. Sie hatten geschworen, ihre Kameraden zu rächen, und sie scheuten keine Mühe, ihr Vorhaben auszuführen.

Sie jagten Edwards von Chikago nach Kalifornien. Dort verlor er seine Frau Ettie, und bald darauf entging er seinen hartnäckigen Verfolgern nur knapp. Er nahm einen neuen Namen an und arbeitete mit einem Engländer namens Barker auf den Goldfeldern. Die beiden waren fleißig und erwarben ein Vermögen. Und wieder mußte Edwards fliehen. Gerade noch rechtzeitig erreichte er England, wo er sich in Sicherheit fühlte. Hier heiratete er zum zweitenmal und genoß als begüterter Mann fünf glückliche Jahre auf seinem Landsitz. Dieses geruhsame Leben endete mit den seltsamen Geschehnissen, von denen wir hörten.

Epilog

John Douglas, alias Birdy Edwards, wurde vom Schwurgericht mit der Begründung freigesprochen, daß er in Notwehr gehandelt habe. Unmittelbar darauf schrieb Sherlock Holmes an seine Frau: »Bringen Sie ihn so schnell wie möglich aus England fort! Die Kräfte, die hier am Werk sind, sind viel gefährlicher als die, denen er bisher entkommen konnte. In England gibt es für Ihren Mann keine Sicherheit!«

Nach zwei Monaten, als Holmes und ich kaum noch an diesen Fall dachten, lag eines Morgens ein Brief im Kasten. Er enthielt nur einen einzigen Satz, der wie ein Aufschrei klang: »Mein Gott, Mr. Holmes, mein Gott!« – ohne Anrede und Unterschrift.

»Es steht schlimm, Watson«, sagte Holmes ungewohnt ernst.

Sehr spät am selben Abend wünschte ein Herr Mr. Holmes zu sprechen. Es war Cecil Barker. Er wirkte erschöpft.

»Ich bringe schreckliche Nachrichten, Mr. Holmes«, sagte er. »Haben Sie ein Telegramm bekommen?«

»Kein Telegramm, aber einen Brief.«

»Der arme Douglas! Auch wenn ich jetzt weiß, daß er eigentlich Edwards hieß – für mich bleibt er immer der gute Freund Jack Douglas aus dem Benito Canyon. Sie wußten, daß die beiden vor drei Wochen mit der ›Palmyra‹ nach Südafrika abgereist sind?«

»Ja.«

»Gestern lief das Schiff Kapstadt an, und heute erhielt ich das Telegramm: ›Jack vor St. Helena im Sturm über Bord gegangen. Niemand hat den Unfall gesehen. Ivy Douglas.‹«

»So ist es also geschehen«, sagte Holmes nachdenklich. »Gut inszeniert.«

»Sie glauben nicht an einen Unfall?«

»Aber nein!«
»Mord?«
»Mit Sicherheit!«
»Diese verdammten Scowrers, diese rachsüchtigen Bestien –«
»Nein, nein«, widersprach Holmes. »Dieser Mord war Meisterarbeit und wurde in London und nicht in Amerika geplant.«
»Wieso in London?«
»Ein großer Kopf und eine noch größere Organisation hatten sich zusammengetan, Birdy Edwards auszulöschen. Und der Kopf des Ganzen kann sich keinen Fehlschlag leisten. Es ist als zerschlüge man eine Nuß mit einem Hammer: Das ist zwar eine unsinnige Energieverschwendung, aber die Nuß ist zermalmt.«
»Wieso hat dieser Mann etwas damit zu tun?«
»Die Amerikaner, die ihr Ziel in Amerika nicht erreicht hatten, wählten sich diesen großen englischen Spezialisten als Partner. Mit dem Apparat der Organisation war das Opfer bald gefunden, und als der Agent der Loge versagt hatte, nahm sich der große Meister aus dem Hintergrund selbst der Sache an. Deshalb auch meine Warnung vor zwei Monaten, daß die künftige Gefahr größer sei, als die bisherige es war.«
Barker schüttelte die Fäuste in ohnmächtigem Zorn. »Soll das heißen, daß wir das Verbrechen einfach hinnehmen müssen? Daß niemand es mit diesem Teufel aufnehmen kann?«
»Das glaube ich nicht«, sagte Holmes. »Ich denke, daß auch er zur Strecke gebracht werden kann. Aber ich brauche Zeit – viel Zeit.«

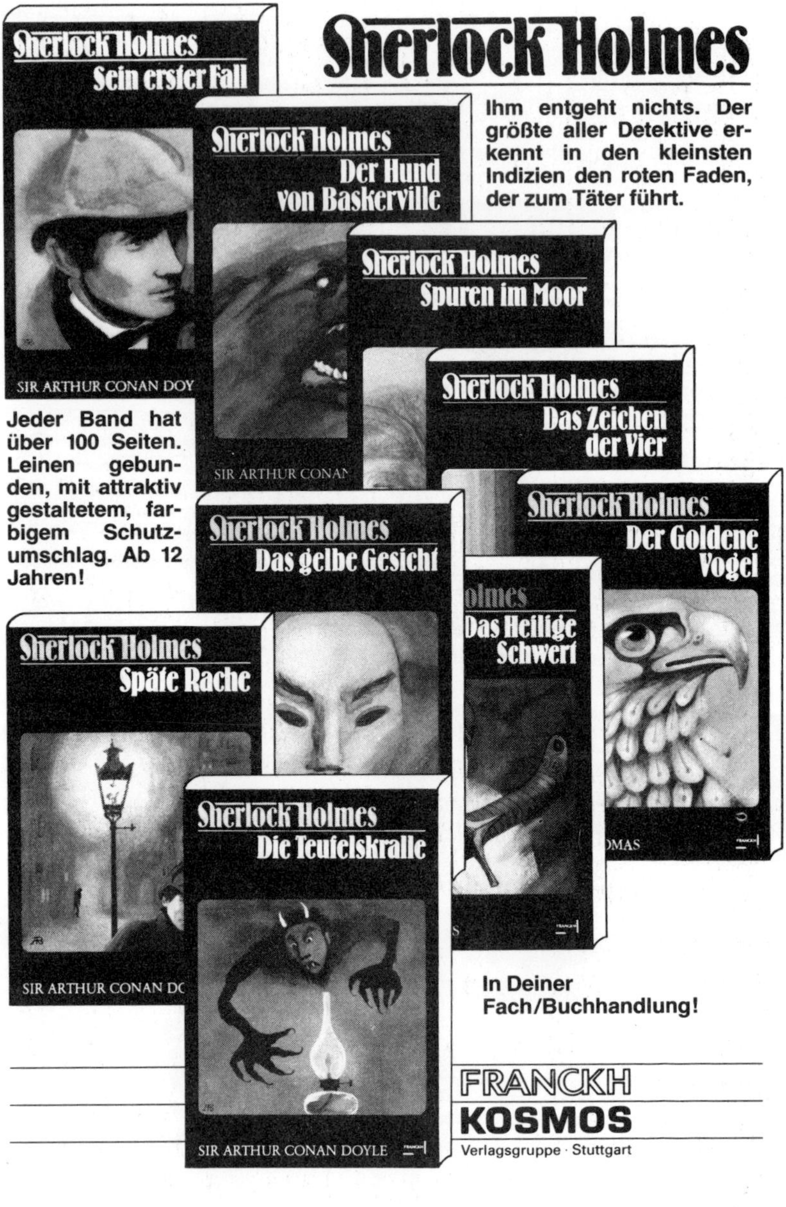
Sherlock Holmes
Ihm entgeht nichts. Der größte aller Detektive erkennt in den kleinsten Indizien den roten Faden, der zum Täter führt.
Sherlock Holmes
Sein erster Fall
SIR ARTHUR CONAN DOY
Sherlock Holmes
Der Hund von Baskerville
SIR ARTHUR CONAN
Sherlock Holmes
Spuren im Moor
Sherlock Holmes
Das Zeichen der Vier
Sherlock Holmes
Der Goldene Vogel
Sherlock Holmes
Das gelbe Gesicht
Das Heilige Schwert
Sherlock Holmes
Späte Rache
SIR ARTHUR CONAN DO
Sherlock Holmes
Die Teufelskralle
SIR ARTHUR CONAN DOYLE
Jeder Band hat über 100 Seiten. Leinen gebunden, mit attraktiv gestaltetem, farbigem Schutzumschlag. Ab 12 Jahren!
In Deiner Fach/Buchhandlung!
FRANCKH
KOSMOS
Verlagsgruppe · Stuttgart